共和国的历程

黔边追击

贵州解放与黔东黔西剿匪

陈忠杰　编写

蓝天出版社　吉林出版集团有限责任公司

图书在版编目（CIP）数据

黔边追击：贵州解放与黔东黔西剿匪／陈忠杰编写.
一北京：蓝天出版社，2014．1（2023.3重印）
（共和国的历程）
ISBN 978-7-5094-1066-0

Ⅰ．①黔… Ⅱ．①陈… Ⅲ．①革命故事－作品集－中国－当代 Ⅳ
①I247．8

中国版本图书馆 CIP 数据核字（2013）第 305435 号

黔边追击——贵州解放与黔东黔西剿匪

编　　写：陈忠杰
策　　划：金永吉　荆忠峰
责任编辑：祖　航　孔庆春
出版发行：蓝天出版社　吉林出版集团有限责任公司
地　　址：北京市复兴路 14 号
邮　　编：100843
电　　话：010—66983715
经　　销：全国新华书店
印　　刷：北京柏玉景印刷制品有限公司
开　　本：710mm×1000mm　1/16
字　　数：69 千
印　　张：8
版　　次：2014 年 4 月第 1 版
印　　次：2023 年 3 月第 3 次
定　　价：29.80 元

前　言

　　中华人民共和国自1949年10月1日成立以来，已走过了六十多年的风雨历程。历史是一面镜子，我们可以从多视角、多侧面对其进行解读。然而有一点是可以肯定的，那就是，半个多世纪以来，在中国共产党的领导下，中国的政治、经济、军事、外交、文化、教育、科技、社会、民生等领域，都发生了深刻的变化，中国人民站起来了，中华民族已屹立于世界民族之林。

　　这段时间放到整个历史长河中是短暂的，有如弹指一挥间，但它带给中国的却是极不平凡的。六十多年里神州大地经历了沧桑巨变。从开国大典到60年国庆盛典，从经济战线上的三大战役到经济总量居世界前列，从对农业、手工业、资本主义工商业的三大改造到社会主义市场经济体制的基本确立，从宜将剩勇追穷寇到建立了强大的国防军，从废除一切不平等条约到独立自主的和平外交政策，从"双百"方针到体制改革后的文化事业欣欣向荣，从扫除文盲到实施科教兴国战略建设新型国家，从翻身解放到实现小康社会，凡此种种，中国人民在每个领域无不留下发展的足迹，写就不朽的诗篇。

　　六十几年在历史的长河中犹如沧海一粟，但对身处其间的个人却是并非无足轻重的。其间究竟发生了些什么，怎样发生的，过程怎样，结果如何，非人人都清楚知道的。对此，亲身经历者或可鲜活如昨，但对后来者却可能只是一个概念，对某段历史的记忆影像或不存在或是模糊的。基于此，为了让年轻人，特别是青少年永远铭记共和国这段不朽的历史，我们推出了这套《共和国的历程》。

《共和国的历程》虽为故事形式，但与戏说无关，我们是想借助通俗、富于感染力的文字记录这段历史。这套丛书汇集了在共和国历史上具有深刻影响的重大历史事件。在丛书的谋篇布局上，我们尽量选取各个时代具有代表性的或深具普遍意义的若干事件加以叙述，使其能反映共和国发展的全景和脉络。为了使题目的设置不至于因大而空，我们着眼于每一重大历史事件的缘起、过程、结局、时间、地点、人物等，抓住点滴和些许小事，力求通透。

历史是复杂的，事态的发展因素也是多方面的。由于叙述者的视角、文化构成不同，对事件的认知或有不足，但这不会影响我们对整个历史事件的判断和思考，至于它能否清晰地表达出我们编辑这套书的本意，那只能交给读者去评判了。

这套丛书可谓是一部书写红色记忆的读物，它对于了解共和国的历史、中国共产党的英明领导和中国人民的伟大实践都是不可或缺的。同时，这套丛书又是一套普及性读物，既针对重点阅读人群，也适宜在全民中推广。相信它必将在我国开展的全民阅读活动中发挥大的作用，成为装备中小学图书馆、农家书屋、社区书屋、机关及企事业单位职工图书室、连队图书室等的重点选择对象。

编　者
2014 年 1 月

一、 进军部署

● 毛主席部署解放贵州等西南地区，二野司令部向各兵团发出了《关于进军西南的指示》，要求各兵团开始进行进军西南的准备工作。

● 毛泽东对蒋介石割据贵州等地（西南地区）的情况一清二楚，对解放军攻占贵州等地的行动筹划得细致全面，并提出了大迂回、大包围的谋略和战术，为解放贵州提供了重要的理论依据。

● 入黔大军在一切准备好之后，在1949年9月初，五兵团十六军由上饶经南昌、长沙、湘潭向邵阳地区挺进，拉开了进军贵州的序幕。

中央决定向贵州进军

1949 年 4 月 23 日，人民解放军攻占南京后，毛泽东和中央军委于 5 月 23 日就发出了向全国进军的指示。其中关于向大西南进军的部署是：

> 二野应准备向西南进军，进军川、黔、康。
> 二野目前主要任务是准备协助三野对付可能的
> 美国军事干涉。

毛泽东对蒋介石割据贵州等地（西南地区）的情况一清二楚，对解放军攻占贵州等地的行动筹划得细致全面，并提出了大迂回、大包围的谋略和战术，为解放贵州提供了重要的理论依据。

半个月后，东南的局势又向前发展了。上海已攻下，南昌已攻下，三野十兵团正准备向福建进军。

但江南进入了燥热的季节，给大规模进军带来了困难。当时江南地区正逢青黄不接，军粮不易筹集。而进军贵州等地（西南地区）又是一次大的战略行动，必须有相当充分的准备，不可贸然急进。

考虑到上述种种情况，毛泽东在 6 月 17 日给华东局和刘伯承、邓小平的电文中又说：

二野西进时机拟以九月为较适宜，一则准备时间较充裕；二则沿途那时才能有粮食；三则四野主力（七个军）九月可到；郴州、赣州线，十一月可能占广州，迫使广州伪政府迁至重庆，然后二野夺取重庆较为有利。

10天后，毛泽东在6月27日致电第一野战军司令员彭德怀时，进一步介绍了中央军委关于进军西南地区以及贵州等地的部署：

我刘、邓九个军，可于九月由现地出动，十二月前后到达并占领重庆、贵阳等地，以期歼灭伪政府，开辟长江上游。先暂时稳住敌人，待国民党广州政府迁到重庆再进攻四川，这是放长线钓大鱼的好主意。

对于解放贵州等西南地区，二野首长刘伯承很赞成毛泽东的主张，他说：

蒋介石在大西南还有几十万军队，但已经处于山穷水尽的地步。他们千方百计避免与我们决战，以保存实力，等待时机，卷土重来。关于向西南的进军，应该实行大迂回、大包围、

进军部署

大歼灭的作战方针，先把敌人的逃路截断，然后聚而歼之。同时，对敌人要加强政治攻势，以加速战争进程，减少伤亡和破坏。军事、政治双管齐下，就可迅速瓦解敌人。

7月18日，二野司令部向各兵团发出了《关于进军西南的指示》，要求各兵团开始进行进军西南的准备工作。

1948年，解放战争进入了战略决战阶段。在人民解放军重重包围之下，国民党政府已经面临崩溃的边缘。蒋介石对贵州的统治也感到力不从心了，但仍不放弃自己的黑暗统治，广大贵州人民依旧生活在水深火热之中。因此，人们早就时刻盼望着解放军能够快快解放贵州。

刘、邓制订川黔作战方案

第二野战军连续几年拼杀在各地战场上。他们从太行山挺进大别山，又从大别山打到了长江沿岸。他们常常日夜行军，不辞劳苦，英勇顽强，一直都没有好好地休整过。

现在，又要从华东长途跋涉几千里进军四川、贵州、云南、西康、西藏这些少数民族聚集的地区。

这些地区道路崎岖，崇山峻岭，人烟稀少，后勤补给困难重重，进军条件可谓艰难。第二野战军广大指战员再一次面临着严峻的考验。

为此，从1949年7月开始，做事一贯谨慎的刘伯承和邓小平就准备进军贵州等地的研究工作。从政治动员到补充干部，从后勤运输到少数民族问题，方方面面都考虑到了。

7月26日，刘伯承到第二兵团，对团以上干部作了关于进军大西南的动员报告，接着在第二野战军直属党代表大会上发表讲话。

刘伯承指出，毛泽东主席要我们戒骄戒躁，我们的胜利只是万里长征走完了第一步，应该彻底放下骄傲的思想。我们的胜利是在党中央和毛主席的正确领导下，在广大工农群众及国统区的地下工作者的共同努力下取

进军部署

得的，不要以为全是靠枪杆子打出来的。

大会自下而上统一了认识，提高了觉悟，激发了广大指战员的积极性，从思想上坚定了战士们解放贵州等地的信心。

这次会议要求继续发扬解放军艰苦奋斗的作风，把国家和人民的利益放在第一位，使贵州等地的老百姓尽早摆脱国民党的反动统治和压迫。

到了 8 月 19 日，刘伯承和邓小平发出川黔作战的基本命令《川黔作战方案》。

命令规定：

本野战军主力（除四兵团）之任务在于攻取贵阳及川东南，以大迂回之动作，先进攻宜宾、泸州、江津地带之敌，并控制上述地带以北地区，以使宋希濂、孙震及重庆等地之敌，完全孤立于川东地区。而后聚歼这些敌人，或运用政治方法解决之，以便协同川北我军逐次解决全川问题。

具体行动分为三个步骤。

首先，三兵团以车运由浦口经徐（州）、郑（州）到武汉，再徒步到常德、江陵、枝江地区集结就补；五兵团由上饶以车运到樟树，再徒步经长沙至邵阳、武冈、湘潭线集结就补。

其次，三兵团攻取遵义、彭水、黔江线，

五兵团攻取贵阳。

　　最后，三兵团直出泸州、江津，五兵团直出宜宾、纳溪，顺势迂回重庆，控制川东，完成南面兜击的任务。

9 月初，第二野战军开始向湘西、鄂西开进。第三、五兵团按预定路线，分别乘车、乘船或徒步急驰集结地域。配属第四野战军的第四兵团，也于 9 月下旬由赣西向赣粤边挺进，执行广东作战任务。

　　刘伯承和邓小平的这个命令，创造性地把毛泽东和中央军委关于"远距离包围迂回"的歼敌方针加以具体化，作了针对具体情况的详尽部署，使得解放军大迂回的战略意图、进军方向、兵力部署、具体要求都有了明确的规定和安排。

　　《川黔作战方案》的要求是：

　　二野主力以大迂回的动作，从黔北进入川东南，切断包括宋希濂、孙震两部在内的川中所有敌军南逃贵州、云南之路，以利解放军包围聚歼。

　　完成上述任务后，二野再与一野第十八兵团协同作战，歼灭胡宗南部，解决全川问题。

　　从这个川黔作战的基本命令来看，解放贵州是这个作战方案的要点，也是必须完成的军事任务。

　　对于如何解放贵州，以及采取怎样的军事行动，刘、邓首长还有具体的部署和安排，从这里我们可以看出：

进军部署

解放贵州，对于解放整个大西南具有多么重要的意义。

命令规定：

> 五兵团和三兵团十军由湘西入黔，于 11 月 15 日前攻占贵阳，兵团主力 11 月 25 日攻占毕节，12 月 10 日攻占宜宾至纳溪地区，完成战役迂回，配合三兵团主力在川东的作战，在进行战役迂回中解放贵州，以堵住敌人的退路。

多路大军准备入黔

根据刘、邓首长的指示精神，二野五兵团从 6 月开始，在杨勇司令员、苏振华政委的率领下，在江西上饶地区进行入黔前的动员工作。同时，还进行了解放贵州之后的安排和部署，提出了如何接收城市、管理城市，以及怎样建立城乡人民新政权的建议。

中共中央也对二野进军贵州给予了大力的支持。为加强领导班子力量，中共中央还选调一批贵州籍的老干部，如陈曾固、秦天真、徐健生等人到贵州开展工作，另外中央又从冀鲁豫等老区抽调了大批干部组成贵州的领导班子。

入黔大军在一切准备好之后，在 1949 年 9 月初，五兵团十六军由上饶经南昌、长沙、湘潭向邵阳地区挺进，拉开了进军贵州的序幕。战士们雄赳赳、气昂昂地踏上了征途。他们已经看到了胜利的希望。

1949 年 10 月 1 日，当十六军的将士们听到新中国成立的消息后，全军一片沸腾，大家心里别提有多高兴了。因此，即便是在艰苦的行进当中，战士们依然像是过节一样兴奋无比、斗志昂扬。十六军决定加速进军。

五兵团在司令员杨勇、政治委员苏振华的指挥下，于 1949 年 10 月中旬以参加衡宝战役的姿态，从江西上饶

进军部署

进到湖南邵阳、武冈一带，然后，又利用友邻部队经湘西南调为遮掩，向西秘密前进。在 10 月底，已经进到湘西的黔阳、洪江、会同地区，做好了向贵州进军的准备。

在解放战争的千里战线上，出现了两种大不相同的进军形式：

一方面是向华南进军的四野解放军部队，锣鼓喧天，大张旗鼓；另一方面是二野三、五兵团，销声匿迹，迂回西南。

10 月 22 日，五兵团根据二野刘、邓首长指示，发出了《战字第 3 号命令》，命令要求十六、十七、十八军三个军挺进贵州。解放军浩浩荡荡向贵州境内逼近，使得贵州的国民党反动势力一片惊慌。

在解放战争节节胜利的情况下，11 月 1 日，解放军五兵团全部及三兵团十军，分别由湘西的邵阳和桃源地区出发，开始了进军川黔的作战行动。

五兵团的作战部署是：

十七军沿湘黔公路西进至晃县、玉屏，歼敌四十九军，夺取贵阳市，然后解放贵州的南部和西南部地区；十六军向三穗、镇远、黄平进攻，尔后迅速沿湘黔公路前进，协同十七军解放贵阳等地；十八军为兵团第二梯队，与十六军一起参加解放成都的战役。

五兵团的十六军在挺进贵州的途中，军长尹先炳、政委王辉球组织召开了军党委会议，研究和部署进军贵州的具体工作。

他们认为，在国民党处于崩溃的边缘这一有利时机，要完成中共中央关于大迂回的任务，从而切断国民党军队逃跑的后路，必须要有坚韧的毅力才行。特别是不能怕路途的劳累，要敢于在战术范围内大胆实施穿插分割和迂回包围，要穷追猛打，使敌人得不到喘息的机会。

鉴于此，十六军党委专门向部队发出了书面指示，组织干部学习，对全体指战员进行了深入动员。军党委提出了"走小路，爬大山，加快行程就是胜利"的进军口号，号召各部队开展"看谁走得快，看谁打得猛，看谁追得狠，看谁抓俘虏抓得多，看谁遵守政策纪律好"的竞争比赛，使得大家情绪格外高涨。

同时，尹先炳军长、王辉球政委命令：

四十六师沿托口镇、瓮洞、瓦寨、三穗方向直插敌第三二七师侧后，协同十七军歼灭该敌，尔后沿湘黔公路西进；四十八师由洞口向天柱、剑河方向进击，并负责对南面之敌警戒；四十七师为二梯队，紧跟四十六师前进。

十六军一切部署好之后，四十六师以一三八团作为先遣部队，于4日渡过湘黔边的清水江，占领瓮洞、邦

进军部署

洞、天柱后，继续向西疾进。

正当国民党第四十九军秘密窥视沿湘黔公路西进的十六军主力时，十六军的四十六师已迅速插到国民党军队重兵设防的湖南晃县、贵州玉屏的右侧。国民党军队慌忙以一个团的兵力进至瓦寨，企图阻止解放军挺进贵州的步伐。但十六军的先遣部队已经迅速绕到其侧后，无奈之下，国民党被迫由山路向西南仓皇逃窜。

十六军先遣部队消灭该团的掩护分队后，即刻向贵州三穗疾进。

国民党四十九军害怕三穗被解放军占领后，其在三穗东北地区部队的后路就会被切断，于是连忙向西撤退。然而，国民党的第一线防御很轻易地就被解放军突破了。解放军部队乘机向三穗、镇远等地快速开进。

国民党见三穗的掩护分队被歼灭，连夜放火向西逃窜。十六军四十六师的先遣部队穿过熊熊烈火，追得敌人无路可逃。国民党军队狼狈逃窜的样子，预示着贵州解放已经成了定局。

到此，解放军的先遣部队一路杀敌，马上就要逼近贵州的大门了。此时此刻，贵州境内的老百姓正在热切盼望着这支人民军队的到来。

二、 大军挺进

● 1949 年 11 月 4 日中午，十六军的先遣部队进入贵州境内，只用了三天半时间，就快速行进 200 公里，于 11 月 7 日下午到达了贵州镇远县的镇雄关。

● 尹先炳军长严厉地说道："这个鹅翅膀，我不相信就啃不下来！别说一个小小的鹅翅膀，就是老虎翅膀，我军也要在天亮之前拿下它！"

● 待青溪之战收拾完战场之后，部队没有停留，立即由青溪出发，经铺田、蕉溪两路口向镇远进军。

国民党军队在贵州的部署

在贵州解放前，国民党对贵州实行着黑暗的政治压榨和军事统治，使贵州人民苦不堪言，贵州人民希望解放军能够早日把国民党赶出这片土地。

1948年年底到1949年年初，中原地区已接近全部解放，蒋介石和他的国民党政府已经到了崩溃的边缘。

但国民党仍不死心，为了摆脱覆灭的命运，达到继续控制西南的目的，蒋介石采取"黔人治黔"的方法，妄图把地处西南前哨的贵州作为反共反人民的"根据地"。

蒋介石还调遣贵州籍的一些旧部属回到贵州加强统治，同时在镇远成立保安团独立营，由孙绍武任营长，与国民党四十九军一起，在湘黔公路一线对人民解放军形成联防态势。

黔东南不仅属于贵州，而且也是整个西南的东大门，是解放军进军贵州、解放大西南的必经之地，更是军事上双方必争之地。为了实现继续统治贵州等地的目的，蒋介石加强了对黔东南地区的军事部署。

为了守住黔东门户，阻止解放军解放贵州，国民党命令新建的第十九兵团四十九军在黔东一带重兵设防。四十九军三二七师师部率九七九团驻守玉屏；九八一团驻守天柱；九八〇团进驻湖南晃县；二四九师七四六团驻三穗，策应三二七师；七四五、七四七团驻施秉等地，军部驻黄平。

国民党在贵州的镇远县设立指挥所，由副军长王景渊（贵阳人）坐镇指挥。除八十九军驻贵阳、晴隆、盘县一线作纵深配备外，三个军均布防于黔东南和湘西一带，白崇禧部一〇〇军和一〇三军守于锦屏和湘西南通道一线，在黔东南地区形成南北一线配置的态势，构成了西南东部的中段防线。

在谷正伦的统一部署下，1949 年，在原贵州镇远专署所属 12 个县采取了一系列政治、军事、经济的反共措施。

为了加强统治，各县对保甲制进行了调整和强化。调整后，镇远、台江、雷山、剑河、施秉、锦屏、黄平 7 县，共有 82 个乡（镇），691 保，6783 甲。

贵州镇远县明文规定：在城镇实行"户长每日轮值巡查制"，在乡村实行"甲长五日轮值巡查制"，只要发现生人，"其言行有妨害戡乱行动"的均要一一盘诘，"递级呈报"。

在该县军法室的一份《案件简报表》上，列有 20 名所谓"罪犯"，其中被列为"反政团体"、"奸匪"、"奸匪嫌疑"、"窝藏奸匪"的就有 13 人之多。

在国民党三穗县县长李熙昌署名的一份《奸匪实力动态调查表》中，对人民解放军高级将领杨至成（侗族，三

大军挺进

穗县人）的经历及其家属亲友的姓名和住址均作了详细记载，并责令当地对其家属亲友进行"暗中严密监视"。

在调整保甲区的同时，各县还进行了户籍人口调查，为国民党反动派抓兵派款、横征暴敛提供了依据。

1949年，贵州镇远县依照各乡（镇）保甲人口的实数按比例抓丁，充实"国防兵"266名，四十九军二四九师"志愿兵"8名，镇远专署保安团独立营"新兵"51名，共计325名。

苛捐杂税更是多如牛毛，除了田赋和屠宰税外，另有自卫捐、自治捐、保甲捐、役捐、区乡经费捐、乡丁捐、乡丁食米捐、保长办公捐、预征丁捐、壮丁训练捐、教育捐等。他们还公开打出"反共救国"的旗号，向各地摊派"救国捐"。

当时，炉山、台江两县一次就各摊派了银洋1000元，雷山、丹寨、剑河各摊派了4000元，稍有违抗便公开抢劫。麻江县大良田村就是这样被洗劫一空的。真是"油盐柴米菜，样样都要派，兵工粮捐款，样样不能缓"。

在军事上，各县建立"民众自卫总队"和"防剿大队"等反共武装，规定"民众自卫总队"总队长由各县县长兼任；下设两到三个常备中队，每个中队编三个分队。如天柱县就有三个常备中队，共有长官15名，士兵354名。

"防剿大队"则以各县的乡（镇）划片，分别编为若干大队。剑河县是以与外县接壤的区为中心，分别编成了"锦（屏）剑（河）南加防剿大队"、"三（穗）剑（河）岑松防剿大队"、"台（江）剑（河）昂英防剿大队"、"天（柱）剑（河）南明防剿大队"。这两种军事组织，旨在"防共"、"反共"，但除"民众自卫总队"中的常备中队外，其余大都徒有其名。

为此，镇远专署还制定了《贵州省第一行政区（即镇远专区）空室清野及游击根据地建立办法》，责令各县把粮食等重要生活物资全部运到山上藏匿起来，妄图在人民解放军到来时因"困饿而自毙"。

国民党还要各县根据地形和物资条件，建立游击根据地，以此作为"自卫堡垒"，负隅顽抗。根据这个反共"办法"，一些县的通信设施被撤收，公路桥梁被破坏。更加不可思议的是，在贵州解放前，国民党秘密制订"应变计划"，让各保安团在解放时举行假起义，待"蒋介石反攻大陆再拉出来"，到时候再重新统治贵州。

国民党的垂死挣扎，不仅给贵州带来了更加黑暗的统治，还给解放贵州带来了阻力，更对以后的接管工作造成了很多的麻烦，猖獗的匪乱就是例证。

即便是这样，解放军的钢铁之师还是逼近了贵州大门，贵州解放指日可待了。

大军挺进

先遣部队挺进贵州

1949 年 11 月 4 日中午，十六军的先遣部队进入贵州境内，只用了三天半时间，就快速行进 200 公里，于 11 月 7 日下午到达了贵州镇远县的镇雄关。

镇远县位于贵州东部，它东邻湖南湘西中部，那里地势较高，如同一个楔子，插入贵州东部凹处。镇远县就处在这个凸凹结合部上。

镇远这个地方之所以出名，是因为它不仅是黔东门户、湘黔的咽喉，更是滇黔锁钥，自古以来都是兵家必争之要地。

既然这个地方这么重要，当然成了国民党军队在黔东防线的重点，也是解放军兵团主力向贵阳进军必经的咽喉要道。

镇远西侧不远处有一处被称作"鹅翅膀"的地方，此处有两座海拔 800 米左右的高山，坡陡势险，难以攀登，犹如天鹅飞起时展开的双翅，紧紧卡着湘黔公路的隘口。

那里有一条岸陡谷深的河流，由北向南横向流经鹅翅膀的前面，像一条又宽又深的护城河一样，拱卫着这个险关要隘。鹅翅膀的北面是云雾缭绕的连绵高山，南面是急湍的舞阳河，没有可供大部队通过的道路，而湘黔公路的这一段从深谷陡壁上穿过，在前后不到两公里的距离上连拐了 16 个急弯，经过了 3 座在河谷上架起的险桥。

如此险要的鹅翅膀，是国民党军设防的据点。早在解放军到达之前，国民党第四十九军就在鹅翅膀一带占领阵地，并以一个加强营重点控制鹅翅膀。

国民党认为只要牢牢地控制住这个关隘，就等于掐住了湘黔公路的脖子。在危急或极为不利的情况下，只要炸掉山脚下的三座险桥，即便你有百万雄师，但要想前进半步，那可是比登天还难。

所以，十六军能否迅速夺取鹅翅膀，进而打通西进的道路，不仅仅关系到解放军前进的速度，也成为二野五兵团主力能否顺利向贵阳进军、完成大迂回任务的一个关键。

11 月的贵州已经到了冬天。"天无三日晴，地无三尺平"是贵州的真实写照。由于气候的原因，这里总是阴雨连绵，寒风裹挟着冬雨扑向连绵的群山。这雨一下就是十天半个月，很难见到阳光。

过了冬天，雨水洒向枯黄的树叶，树叶就开始腐烂，在空气中总是弥散着一种怪怪的味道。树林里有些比较低洼的地带，由于通风条件不好，那种沉闷的气味更加浓重，就形成了当地人所说的"瘴雾"。人和动物若是不小心闯进这些地带，用不了多少时间，就会感到呼吸困难，最后七窍流血而死。

大军挺进

二野五兵团的战士，大多是北方人，对进入贵州作战，心理上有些忧虑。还在江西上饶休整的时候，他们就曾听一些人讲过这里的地势和气候条件。

对五兵团的战士们而言，进军大西南，很可能是他们一生中最后一次大规模的军事行动了，所以大家显得热情高涨。在战士们进入贵州的 4 天时间里，这里常常是阴雨连绵，但这一点都没影响战士们的乐观情绪。因为下雨，几天来，他们的衣服和背包一直没干过，脚下的布鞋早被泥泞的山路磨烂了。

可战士们还开玩笑说："别小看我们的烂布鞋，比国民党的汽车跑得还快呢！"

几天来，他们从湘西直插贵州，一路所向披靡，攻克了天柱、三穗。他们心中的战斗激情早在上饶休整时就被点燃了。战斗的号角一吹响，他们就会大步跨过去，奋力扑向国民党军队。

二野是一支英勇无敌的军队，它的前身是战功赫赫的中原野战军。1948 年 11 月，为了统一部队番号，便于指挥，原中原野战军改称中国人民解放军第二野战军。这支英雄辈出的部队，经历了大小战役不下千次，已被锤炼成了一支钢铁之师。二野的指战员绝大多数都是北方人，一进入贵州，他们就感到这儿的冬天和北方有很大的不同。

急行军的时候，大家全然感觉不到这里的寒冷，浑身上下还冒热气。可部队一停下来，战士们才意识到这儿的冷比起北方更有威力，阴冷阴冷的。

"李营长，听说你就是贵州人？"先遣部队一三八团三营警卫班的一个战士问营长李怀安。

李怀安回头看了他一眼，笑道："你小子可以调到特务连去了，当勤务兵有点屈你的才了。"一面说着，一面伸出右手，让雨水轻轻地打在自己的手上。李怀安体会着这久违的家乡雨，感觉就像久别重逢的老朋友。

"报告！"通信兵打断了两人的对话，大声说道，"营长，师长让你马上到师部去一趟，有任务要交代。"

"知道了。"李怀安说完转身对警卫员说："通知全营集合待命。记住，每人准备一捆干稻草。"

警卫员愣在那里，不知道营长葫芦里卖的什么药，但还是照营长的话做了。

说完，李怀安一个人朝师部去了。他边走边在心里琢磨着：到底会是什么事情呢，难道是让我们三营拿下天险鹅翅膀？想到这里，李怀安竟然兴奋地笑了，因为他喜欢接受有挑战性的军事任务，他想自己完全有能力拿下这个鹅翅膀！

大军挺进

十六军的奇袭计划

因为快速行军，十六军四十六师的师部临时设在一个农家的院子里。在一间阴暗的屋子里，两盏打气灯发出微弱的光，但依稀可以看到大家忧虑的表情。

屋子东面的墙上挂着一幅刚刚绘制好的贵州地形图，屋子中间摆了一张八仙桌，上面放着一些文件和地图，作业时用的铅笔和规尺。

当时十六军军长尹先炳、政委王辉球，还有四十六师师长齐丁根、政委范阳春，以及一三八团团长和政委都在那里。

师部作战参谋站在地图边上，借着打气灯的灯光用红色铅笔在地图上标上了一个大大的圆圈，在上面写了三个字——"鹅翅膀"。

"若从正面强攻，敌人居高临下，控制着制高点，我们势必要使用山炮，这样一来，不但伤亡会增加，而且敌人在难以支撑时，会狗急跳墙，万一炸毁公路和桥梁，我军的车、炮和辎重分队就无法通过，会给大迂回大包抄任务带来困难。"齐师长面色凝重地分析着。

他继续说道："我们缴获来的这个地图上面，并没有标注有鹅翅膀这个地方，这给侦察工作带来了很大困难。"

"我们一三八团三营从湘黔公路南面，想绕经鹅翅膀南侧，直插敌营部驻地后面的刘家庄侧后，从后面袭击鹅翅膀。但中途被深谷悬崖陡壁所阻，加上一直下雨，山地湿滑，无法前进，只好返回。"一三八团团长无奈地和大家说道。

坐在桌子正前方的尹先炳军长一直都没有说话，但他的心里比谁都要着急，一个小小的鹅翅膀，竟然让他的大军寸步难行，最要紧的是紧跟其后的十七军马上也要到镇远了。这儿是解放军必经之地，照这样的进度，明天也未必能拿下鹅翅膀，这样一来，15日前攻占贵阳的任务就无法完成了。

想到这个可恶的鹅翅膀，尹先炳军长的脾气就上来了，他忽然站起来，看着地图上刺眼的"鹅翅膀"三个字，严厉地说道："这个鹅翅膀，我不相信就啃不下来！别说一个小小的鹅翅膀，就是老虎翅膀，我军也要在天亮之前拿下它！"

"报告！"三营营长李怀安匆忙赶来了。

"进来！"齐师长和蔼地说道。

这个时候，李怀安气喘吁吁地进了会议室。他抬头看见十六军军长、军政委到团长、团政委都在这里，而且气氛显得很凝重。

"辛苦了，李营长！听说你是贵州人，找你来想了解了解情况。"军政委拍了拍李怀安的肩膀，示意他坐下。

尹军长却没有过多的客气，连忙问："爬山在行吗？"

大军挺进

李怀安没想到军长问了这样一个简单的问题，于是就嘿嘿地笑了。"不敢说在行，但以前经常进山打猎。"李怀安认真回答了军长的话。

"你是贵州人，你说说爬这儿的山应该注意什么?"尹先炳军长急切地问他。

"贵州的山和北方的山相比，一般都比较险要，多悬崖断壁和山洞；北方的山多土，这儿的山多山石，土层浅，灌木多。遇到这样一下就是十天半月的雨，地表特别松，特别湿滑，不易攀爬。爬这儿的山，最应该注意的就是防滑。"李怀安对贵州的山进行了认真的分析。

尹先炳军长只是点了点头，没有说什么。他抬头向窗外望去，阴冷而淅沥的雨还在下着，没完没了的样子。

他又低下头想了一会儿，然后回头对大家说道："时不我待呀。杨司令命令我们务必于15日前拿下贵阳，看来是天公不作美啊。"

"军长，这雨不到半夜就会停了!"李怀安笑着，带着某种自信说。

"小李同志，你凭什么这么肯定?"齐师长好奇地问。

"我以前打过猎，从一位老猎人那儿学到的。打猎的人冬天进山，往往是十天半月也出不来，他们摸索出一些看天气的门道。这些方法在北方不好使，在这儿就不一样了。来师部之前我看天色了，今天刮的是东南风，有这样的说法——云往东，雨蒙蒙；云往南，雨散盘。还有，这地方多长有杉木树，今天雨里也带有这味了，猎人们说，久雨树入味，明天必见晴。"李怀安说得有理有据。

李怀安的话让尹先炳军长欣慰地笑了。他虽然不是一个唯心主义者，但却非常敏锐地感觉到这里面就有他要寻找的战机。

一个小小的战机，就可以改变一场战争的态势。不管怎样，有希望总比没希望强。

"那我再问你，这种天气上山用什么能防滑?"尹先炳军长转过身去，看着墙上的地图问李怀安。

"只要雨一停，山上地表浅又多石，水就滤得快。这时上下山，最好的就是用干稻草扎在鞋上。"李怀安信心十足地答道。

李怀安刚说完自己的话，尹先炳军长凝视着地图上的那个红圈，就下达了指示。

"命令!"他停了一下，其他人都纷纷站起来了，准备接受任务。

"一三八团三营从公路北侧向鹅翅膀右面山头的侧后穿插，协同正面部队攻占该地。记住，你一三八团三营的任务是要不惜一切代价绕到敌后直接控制鹅翅膀右侧的制高点，务必于天亮前拿下鹅翅膀!"

尹先炳军长高声对大家说道，他右手紧握着的拳头重重地落在了宽大的桌子上，震得杯子都颤动起来了，令在场的人激情振奋。

"是! 保证完成任务!"李怀安用响亮的声音说道。

"回去赶紧准备，路上滑，小心点。李营长，那我们就在这儿看你的啦！"范政委再次嘱咐道。

"请首长放心，三营不会让十六军失望的！"

于是，一场秘密的行动马上就要开始了——拿下天险"鹅翅膀"。

攻克天险

趁着黑夜掩护，李怀安率领三营在当地老百姓指引下，冒着淅沥的雨就开始行动了。先从西北侧向北，沿着一条崎岖的羊肠小道，向鹅翅膀东北约两公里处的梅子山进发。

雨依然在下，不过小了许多。由于长时间的阴雨天气，本来崎岖难行的山间小道变得更加泥泞，再加上夜间行军，许多战士常常会不小心滑倒在地，还会被路边的荆棘刺破皮肤。

面对这种情况，李怀安建议大家把自带的干草扯下一小把来，扎在鞋掌上。这真是一个妙招，战士们这时候才明白营长为何要让他们带上一捆稻草了。

3小时后，三营进到了梅子山，而后折向西行，翻过一座高山，再沿险峻的陡坡下滑到一个河谷，但趟过这个河谷后，却被一处绝壁挡住了前进的道路。

此时已过半夜，淅沥的雨真的如李怀安所料——停了下来。在鹅翅膀据点里国民党守军正在高兴呢，他们觉得这雨真是帮了他们的大忙，山路这么滑，恐怕连野兽也不愿出来活动，人想要摸上来，那真是比登天还难。

依靠这些有利的地形和天气条件，国民党军队已经安然入睡，在梦里，还庆幸自己占据了有利的地形。

敌人做梦也不会想到，就在他们房子下面，李怀安率领着解放军小分队，马上就要把枪口对准他们胸膛了。轻敌者永远只能被打败。

李怀安让部队在绝壁下隐蔽起来，他亲自带人和向导去侦察地形。他发现，绝壁处于鹅翅膀的西侧，而东北方向的雨并没有淋湿绝壁。

李怀安根据情况分析认为，要从正面拔掉悬岩峭壁上的敌工事很难做到，只有采取迂回偷袭的办法，而在正面可以采取牵制敌人和佯攻的方法。

作战方案制订之后，每个连都积极行动起来，机枪连把轻、重机枪架在离鹅翅膀不远的对面小山头上，迫击炮配置在公路的一个转弯处，准备在偷袭战斗打响时，进行正面佯攻。

五连负责偷袭任务，这也是这次行动最关键的一步。五连的战士激情高涨，觉得这是一个无比光荣的任务。他们心里想，毛主席命令他们 15 日进军贵阳，而只有拿下这个鹅翅膀，贵阳才能顺利解放。

于是，五连连长任富月下定决心，不管有多大困难，也要在天亮之前消灭鹅翅膀的国民党军队，让大部队能够顺利通过这里。

漆黑的夜，没有星星，看不到月亮，更何况看清周围的情况呢。看来，这正是偷袭的最佳时机。五连的战士们悄悄地出发了。

这一夜，五连的战士们在山间行进的过程中，不知道吃了多少苦头，但他们都没有埋怨一句。途中，遇到一处极为险峻的山坡，战士们就一个拉着一个，抓着山坡上的枯草或树丛往上攀爬。

当时五连战士唐保和、阎书金因为手滑，一头栽进山沟里。他们全身被石头和荆棘划出一道道血印，但他们没有叫疼，两人互相帮助，抓着树枝往上爬，赶上了大家。

当五连战士最后靠近鹅翅膀的工事时，发现前面横着一块大大的山岩使他们无法通行。这该怎么办呢？全连战士都在积极想办法。

连长任富月马上采取果断措施，命令几个体壮力大的战士搭起人梯，他带头踏上人梯，不顾一切地攀上岩去。然后，他解下自己的绑带，拴在一棵小树根部，把战士们一个一个拉了上去。不多久，五连的勇士们很快就到达国民党的工事附近。

"你们是做什么的？"上面的哨兵向五连战士问道。

"兄弟，我们是八连的，在镇雄关被共军打垮了。"连长任富月先前得知，这里守军是国民党四十九军二四九师的一个营，便巧妙地回答了对方的盘问。

在关键时刻，三排八班的副班长阎书金上来了，他敏捷地搂倒了一个敌人，另一个人见势不妙，丢下自己的枪就跑。阎书金大步跨上去就把那个士兵逮住了。这个士兵倒是很老实，什么都交代了。五连不费吹灰之力，就把鹅翅膀守敌的情况全部摸清了。

大军挺进

三排排长赵振江带着八班战士，让刚刚逮到的哨兵带路，迅速插到鹅翅膀附近的刘家庄后面。当时的国民党守军还在温暖的被窝里做着美梦呢。

当八班战士破门而入，把枪口对准他们的时候，这群人才从睡梦中醒来，还没有来得及穿自己的衣服，就被解放军给控制了。

这次奇袭，解放军没开一枪，也没放一炮，就让国民党一个迫击炮排解除了武装。五连还缴获了两门迫击炮。

接着，连长任富月带领一排冲上鹅翅膀主要山头。国民党官兵根本没有想到，解放军敢从如此险要的地形上冲过来，一个个都吓傻了，于是都乖乖地缴枪投降了。快天明的时候，五连共俘敌60名，还缴获了许多枪支弹药。

鹅翅膀这个天险终于被勇敢的解放军攻克了。

火红的太阳从东边冉冉升起，美丽的朝霞染红了大半个天空，解放军后续部队顺利从鹅翅膀下通过。看到这些情景，站在鹅翅膀上的五连勇士们开心地笑了，因为他们胜利地完成了任务。

这个时候，在十六军的指挥部里，尹先炳军长的额头舒展开了，他一夜未眠，揉揉惺忪的双眼，对王政委和齐师长他们说："我看李怀安这小子还真有两下子！"

在场的人都欣慰地笑了，大家紧张的心情得到了放松，而温暖的阳光正荡漾在他们周围。

"通讯员!"尹先炳军长喊道。

"到!"

"通知军部，中午前进驻镇远，一定要争取尽快解放贵州。"尹军长命令。

"是!"通讯员马上准备通知各部。

攻下天险鹅翅膀后，敌黔东防线即被解放军完全突破，解放军向贵阳进军的道路也就被彻底打开了。

在鹅翅膀西面黄土坡地区的国民党主力，得知自己所依赖的天险已被解放军攻占，惊恐之下，慌忙扔下大批弹药、给养，向西撤退。同时，施秉、黄平、旧州之敌，也连忙向贵阳方向逃窜。

绝不能让敌人逃窜!军长尹先炳立即命令四十六师向西猛追。于是追着逃敌，解放军向贵阳开进!

大军挺进

青溪之战

在十六军进入贵州之后，十七军也开始挺进贵州境内。十六军在镇远县取得了"鹅翅膀战役"的胜利，而十七军也战功显赫，取得了"青溪之战"的胜利。

原来，从 1950 年 11 月 5 日，十七军的五〇师一四九团就开始由芷江向贵州进击。11 月 6 日凌晨，一四九团二营六连在晃县以南长坡岭打垮敌军一个营，突破了敌人的防线，猛攻晃县城。由于二营进军神速，未动一枪就俘虏了敌军一个连，于 11 月 6 日上午解放了玉屏县城。

张景华团长进城后听到前卫连长报告说："玉屏守敌一个团已向镇远青溪镇方向逃窜了。"

张景华马上命令："以三营为前卫，跑步前进，快速追击，要坚决消灭逃敌！"

一声令下，各连简要地进行了紧急战斗动员，随即踏上了征程。战士们马不停蹄，日夜兼程，跑步前进。

吕龙参谋长和三营长邹光星跟随尖兵排（三营七连三排）前进，七连长刘凤林和三排长郭建福率领尖兵班（八班）迅速搜索前进。

11 月 7 日凌晨，他们发现一个小茅棚。刘凤林迅速带领战士扑进小茅棚。一个敌哨兵从睡梦中醒来的时候，发现自己已经成了解放军的俘虏。

从敌哨兵的口中，战士们了解到如下信息：

由此前进 0.5 公里就是青溪渡口，过舞阳河就是青溪镇。青溪渡口没有桥，过河要靠小木船摆渡。在青溪渡口只有三四条小木船，全部被国民党占据。每条船上有三四个敌人，配有一挺轻机枪。

渡口右侧的文笔坡上驻有国民党一个连，山头上有两挺轻机枪，能够居高临下，全面封锁着公路。左侧的山岗上有一个亭子，驻有国民党军一个排，带有一挺轻机枪，严守着渡口。河对岸青溪镇上驻有国民党三二七师八〇团的团部和两个营。后山上刚挖好掩体工事，驻有一个机枪连，配备六挺轻重机枪。

11 月 7 日天还未亮，镇上的国民党就把全部兵力转移到后山上去了，妄图凭借舞阳河天然屏障来阻挡解放军前进的步伐。

当前面临的问题是：部队只有三营七连和机枪连的两个排到达这里，按照以往的经验，若用一个半连吃掉面前的敌人，兵力是不足的。况且部队在晃县打了一仗，又经过昼夜快速行军，已经十分疲劳。

然而，如果不在天亮前消灭文笔坡的国民党军队，进而控制河面，那么解放青溪的任务就会受阻，到时候就会影响大部队的前进速度。

现在距天亮还有两个多小时，国民党守军已是惊弓之鸟，没什么可怕的，如果趁黑夜出奇制胜，是有把握的。鉴于此，吕参谋长和邹营长当机立断，决定抢在天亮之前，拿下青溪镇，全歼国民党守军。

吕参谋长和邹营长马上召开了连、排级干部会，分析敌情，部署战斗任务。会议命令：

> 七连指导员刘道伦带领一个排，用隐蔽方式
> 爬上右侧文笔山，拔掉"钉子"；副连长刘明敬
> 带一个排和小炮班，包围左侧亭子里的敌人，连
> 长刘凤林用火力掩护夺取渡口，夺取船只；吕参
> 谋长及邹营长率领其余兵力，紧跟刘连长之后。

部署完毕，部队开始给战士们作紧急战斗动员。疲倦的战士听说有战斗任务，马上精神振奋，情绪高涨起来，纷纷把背包放在地上，轻装投入战斗。

当时离天亮还有一段时间，天空依然笼罩在黑幕中，万籁俱寂，一切都沉寂在睡眠里。但舞阳河对岸，偶尔还会传来几声狗的叫声，此起彼伏，在整个夜空里回荡。解放军战士就在这样的夜色里快速行军。

七连指导员刘道伦带领着战士们避开公路，沿小河沟绕到文笔坡背后，一部分人朝左，一部分人朝右，沿沟壑攀藤而上。后面的人紧跟着前面的人，一步一步往上爬，速度虽然不是很快，但大家却有使不完的劲。

当时，有的战士从悬岩上滑到山沟里，有的战士被滚石砸伤了脖子，但他们全然不顾，照样奋力向上爬。前面的 3 个战士，刚一爬上坡顶，见不远处有两处红点，

一明一暗，原来是敌人的两个哨兵在吸烟。这两个哨兵觉察到有响动，站起来想四处看看，但还没来得及举枪，就被扑上来的解放军战士给撂倒了。

接踵而至的战士们，一起冲向敌人，大喊一声："不许动，缴枪不杀！"

那个时候，国民党的士兵们正在被窝里迷迷糊糊地睡着，听到喊声后，才一个个被惊醒，吓得目瞪口呆，都乖乖地举起手当了俘虏。

一四九团大部队从五里牌出发后，快速地向前挺进，在得知三营已经拔掉文笔坡的"钉子"后，不到半个小时，就把青溪河另一边全部占领了，准备挺进对岸。

三营七连连长刘凤林带领一个排的轻步兵疾驰来到舞阳河的青溪渡口。他和战士们卧地观察两岸的地形，听见对岸码头上有渡船的响声和敌人的骂声。

刘连长心想："渡口水深，一无桥梁，二无渡船，怎么办呢？"他回头与身后的机炮连副连长李超宪商量，看看还有没有别的办法。

于是，两个人急中生智，利用解放军俘虏政策的强大说服力，劝说了被俘虏的一个敌排长。刘连长说，如果他积极配合解放军的行动，就给他将功补过的机会。

于是，刘凤林连长就让那个俘虏排长向对岸喊话，那个排长很配合，就向对岸的国民党军队喊道："喂，快放两只船过来，我们要把重机枪和弹药运过去，我还有重要的情况要报告！"

大军挺进

对岸敌人听出了赵排长的声音，毫不怀疑地就把船划了过来。七连战士们屏住呼吸，纷纷握紧了手里的枪。等船一靠岸，几条枪就伸了过去，立马把两个撑船的敌人押了起来。战士们火速用船组织抢渡。让那个俘虏排长乘第一只船，以便应付敌人。

舞阳河上一片漆黑，木船像两支离弦的箭，直向对岸划去。船上的战士们一动也不动，仔细地注视着前面。每个人都深深明白，如果这次强渡失败，将会影响全团的作战计划，所以只能成功，不能失败！

船越来越靠近对岸了。忽然敌人的电筒一亮，直射第一只船，照在敌赵排长的脸上，光束上下晃了两次。全船的战士们都捏了一把汗。于是，大家紧紧盯着对岸的国民党守敌，快速向前划去，两只船刚一靠岸，战士们就扑向了岸边的敌人。转眼的工夫，没响一枪，没发一弹，一个班的敌人就被解除了武装。

七连战士终于强渡成功了。接着，一四九团一营用一部分战士掩护后续部队过河，另一部分战士沿青溪由西向南迂回包围，严防敌人向西南方向逃跑。

三营在舞阳河上游发现了浅水河段，他们冒着凛冽的北风，兵分两路，从汪家码头和上河坝涉水渡河，摸黑到了青溪街。

在青溪街，三营营长邹光星一看敌人的阵容乱了，就当机立断，命令机炮连的重机枪和六〇炮一起向敌人轰击。在重机枪的掩护下，部队马上向青溪街上的敌人发起了猛烈进攻。

三营的两个排迅速地插到了青溪后边，潜伏在校声坝的橘子林里，切断了敌人向西逃跑的山口道路。七连连长刘凤林、机炮连副连长李超宪，带领着战士们猛烈而迅速地攻进了青溪街。

七连班长张合富端起枪就向敌人扫射。当时敌人把枪竖在街两边的木板墙上。有的在做饭吃，有的在杀鸡杀鸭，有的还在睡大觉。但解放军战士却像闪电一样，一下子冲到了他们的跟前。

三营的侦察连和七连的战士，迂回前进，向开枪的两个敌哨兵扑去，当即把他们击毙。同时展开了强大的政治攻势，通过喊话，瓦解敌军。

顿时，敌军陷入混乱，有的逃窜，有的跪地缴枪投降。大部分敌兵的枪还整齐地放在屋檐下，未来得及拿，就乖乖地当了俘虏。七连长刘凤林率领一个排一直追到后山顶，又歼灭了一部分敌人，占领了后山制高点。

不到 30 分钟的时间，就突破了敌九八〇团团部防线，战斗告一段落。追捕满山遍野的逃敌，时间较长，直到下午三四点钟才全部结束战斗。

青溪战斗解放军一举全歼了国民党四十九军三二七师八〇团的两个营和一个团部，共 1500 多人。俘虏敌人400 多人，当场击毙顽敌 4 人，大部分敌人缴枪投降。共缴获长短枪 370 多支，轻重机枪 6 支，战马两匹，还缴获各种军用物资一大批。

大军挺进

国民党的梅团长和毛营长，当时正在青溪镇上召开军官会议，对解放军的突然行动根本不知晓，当得知解放军已经攻入青溪，便带领另一个营仓皇逃跑。当天夜里，他们被解放军四十九师侦察连以极小的代价歼灭在岑巩县茅坡寨的一个大山沟里。

11月7日清晨，青溪镇获得了解放。战斗结束的时候，东边的天空刚刚出现一层红云。

青溪这一仗具有重要的战略意义，此役打破了国民党军阻挡解放军挺进贵州的第一道防线，打开了解放贵州的大门。同时，此战还打击了国民党顽固势力的气焰，为我军全面解放贵州、解放大西南增添了极大的勇气和信心。

贵州人民永远不会忘记在解放青溪的战斗中那些英勇无畏的解放军战士。他们为了解放贵州、解放大西南，有的人甚至牺牲了宝贵的生命！

打扫完战场之后，部队没有停留，立即由青溪出发，经铺田、蕉溪两路口向镇远进军。

三、 全面解放

● 未经战斗，解放军就缴获了国民党的 40 辆
汽车，而且车上的敌人也很听话，都抱着脑
袋投降了。

● 贵阳市的各界人士和当地老百姓，打着"欢
迎中国人民解放军"的巨幅标语，在油榨街
欢迎战士们的到来。

● 政权建立后受到了土匪的扰乱，但有广大的
贵州人民群众的支持，干部们仍然信心十
足，一面开展政府工作，一面和土匪作
斗争。

大军挺进贵阳

天险"鹅翅膀"被攻克后，西进大军顺利向贵阳城开进。在连续快速行军 9 天的情况下，为了截住逃窜的敌人，完成解放贵阳的任务，十六军军长尹先炳命令四十六师要不怕疲劳，发扬连续作战的作风，用解放军的双腿和国民党的汽车轮子赛跑。

敌人已决心放弃贵阳，但仍妄图收拢部队。贵阳守敌何绍周部在 1949 年 11 月 13 日撤离贵阳后，向盘县、毕节方向逃跑，并企图在毕节、织金、贞丰构设新的防线，阻止十六军继续西进，掩护其主力向滇境退却。

同时，退入四川的宋希濂、罗广文部，在解放军三兵团的攻击下，也有向滇境退却的可能。

在四十六师攻占贵阳之前，刘、邓首长电示杨勇、苏振华，作了如下指示：

一、贵州敌人已决定放弃贵阳，何绍周已令四十九军退至盘江、贞丰地区待援。八十九军退至织金、黔西、毕节地区，何本人亦退到盘江。该两军之任务为由毕节、黔西、织金到贞丰构成一条南北防线，阻我继续西进。

李弥第八军仍为毕节一个师，咸宁一个师。

罗广文率一一○军正向遵义前进，其一一一师9日在江南岸集结，该军其余两个师位置不明，计时可能于16、17日达遵义。

罗兵团之一○八军、四十四军仍在彭水、綦江线上掩护宋希濂撤退。判断罗兵团在我进入贵阳，十军迫近遵义的情况下，可能不到遵义而折向西退。

二、你们可能不经战斗即可迅速占领贵阳，何绍周两个军及李弥一个军似亦不可能打到。在川黔敌军主力向黔滇边退却的情况下，我们当前的战役重心，仍在隔断宋希濂的四个军、罗广文的三个军向云南的退路，并力求在长江南岸歼灭之。

因此，五兵团于占领贵阳后，休息时间不超过三天，即继续前进。在处置上应注意下列各点：

（甲）留贵州的十七军千万不要分散兵力，应以一个师位贵阳，两个师进至安顺地区，一面掩护主力向毕节前进，一面迫使何绍周继续向西撤退，以巩固贵阳。该军在主力入川的情况下，还要准备对付敌人两三个月的可能进扰，你们对地方工作的布置，亦应注意到此种情况。

（乙）你们主力在隔断敌人向云南的退路时，除应迅速占领毕节外，还应注意到如果敌军沿泸县、宜宾，沿筠连、盐津、大关、昭通之川滇公路南撤时，你们应以一个军迅速由毕节直出筠连、大关公路线上。如果实现了这一步，则整个川东、川南及黔东、黔西及黔北敌人的退路就完全截断。

（丙）杜义德第十军，计时应于17、18日左右占遵义，尔后取捷径出泸县，加上五兵团毕节一路、筠连一路，就有三个箭头向西北挺进，截击敌人，不但可以互相策应，而且符合于下一步渡江作战之展开。

（丁）因此你们要特别注意上述各可能前进的道路调查。近三个半月来，我各部队雨天行军、作战，必感疲劳，望注意鼓舞士气，使用现洋，保证战士的给养和健康。千万不可因小失大，每人每天的五钱油盐和一斤蔬菜绝不可少。至要！至要！

所以，鉴于上述情况，十六军准备快速开进贵阳，十六军的军政委王辉球说："若顾及部队疲劳，就会多放走一些敌人，使西南人民多受一些苦难，给以后的作战带来更多的麻烦。"

尹先炳军长面色凝重地说："绝不能让敌人逃掉！"于是，尹先炳军长马上草拟了一份电报，与王辉球政委一起签字后，向各师发出，内容如下：

四十六师不得休息，昼夜兼程前进，截住敌人的汽车，迅速攻占贵阳；四十七师、四十八师以最快速度由龙里经花溪，向贵阳侧后之清镇迂回。

四十六师部队坚决贯彻军部的命令。

为了尽早赶到贵阳城，他们每天行军都在百里以上，显示了战士们高昂的革命热情。正是心中的伟大信念，才让他们一路坚强走来。

为了增强战士们的信心，部队文工团在公路旁写了一个横幅："我们的大腿不简单，十天走了一千三。"

后来部队缴获了国民党部队的大批汽车，给部队行军带来了方便，更加速了行程。

原来，四十六师的一三八团在途中，缴获了一辆美式中吉普。通过车上的几个俘虏，一三八团得知，将有40余辆国民党军车马上就要开来。团参谋长刘凤鸣带着一些战士，埋伏在公路两旁，准备伺机劫车，可是等了好久，也没有看见车的影子。

刘参谋长追问俘虏，俘虏回答说，车队是和他们一道开出的，大概是不熟悉道路的情况，才不敢开得太快。

刘参谋长站在那里思忖了一下，为了争取时间，决定主动去"引蛇入洞"。解放军战士带着俘虏刚刚摘下的帽徽和胸章，坐上那辆中吉普，命令俘虏的驾驶员往回开。

走出了几十里路，国民党的车队果然迎面开来了，车上坐的全是国民党兵，一辆辆汽车在解放军看来真像一块块肥肉啊。

刘参谋长坐着吉普车就朝敌人开了过去，一个敌军官从驾驶室的车窗里伸出头来发问："前面有没有情况，共军还有多远？"

刘参谋长灵机一动说道："共军快要到了，你们要开快点，不然就过不去了。"

国民党车队听到这个消息后，没有再说什么，立即命令驾驶员快速向前开进。后面的车队也一辆接一辆奔驰而过，在土路上扬起漫天尘土。

刘参谋长坐的那辆中吉普也随着车队开去。车队到了干粑哨，此时解放军警卫连连长刘子正也换上了国民党军官的服装，站在公路上，指挥车队开进了解放军的伏击圈。

在那里，解放军战士们早已在公路两侧把机枪架好了，就等着国民党的车队上钩了。当车队开到跟前时，战士们大喊："停车！"

"缴枪不杀！"解放军战士对车上的敌人厉声道。

未经战斗，解放军就缴获了国民党的 40 辆汽车，而且车上的敌人也很听话，都抱着脑袋投降了。

有了这批汽车，西进大军的前进速度大大提高了。战士们用敌人的车，一路疾驶，很快就到达了贵定，当天就解放了贵定县城。

十六军的四十六师师部又利用这批汽车，来回接送部队，加快了全师前进的速度。有了车，速度快了，大家的心情也变得欢快了，个个都精神抖擞。

全面解放

进入贵阳城

1949 年 11 月 14 日下午，十六军四十六师师长齐丁根和政委范阳春率领部队到达了龙里县境内，正准备率大部队开进贵阳城。

就在这个时候，先遣部队一三八团由贵阳发来电报说，他们已占领贵阳城。国民党守军已经于 14 日上午放弃贵阳城，向西逃窜。他们又报告说一三八团正经贵阳继续向清镇方向前进。

听到这个兴奋的消息，大家都高兴地跳了起来，即便多日行军使他们极其劳累，也无法掩饰内心的激动。

不多时，十六军副政委吴实赶到了四十六师师部，吴实下达命令说：

"贵阳是贵州的省会，国民党早有应变部署，要防止潜伏的敌人破坏，你们的责任很大，全师要赶快进城，维持社会秩序，保证城市安全。"

就这样，四十六师放弃休息的时间，继续向贵阳城开进。

当夜从龙里县出发，连夜行军拂晓前就赶到了贵阳城郊的图云关。

齐丁根师长抬头望着远方，烟雾弥漫，还是依稀看见贵阳城就在脚下。城市被黑压压的群山包围着，一片灯火阑珊。他抑制不住兴奋的心情，对政委范阳春说："这个西南战略要地，今天终于回到人民的手中了！"

四十六师从江西广丰出发，先后渡过了赣江、湘江、沅江，一路翻山越岭，昼夜兼程，为的就是早日占领贵阳，把敌人南逃的退路切断，完成党中央和毛泽东主席交给西进大军的战略任务。

齐师长和范政委都是曾经走过二万五千里长征的老红军。如今，他们站在图云关上瞭望贵阳山城，心里充满胜利的喜悦，仿佛又回到了当年的峥嵘岁月。他们的喜悦也大大地感染了战士。

部队准备入城。

"我们胜利了。"每个战士的脸上都荡漾着兴奋的微笑，欢呼声、笑声汇成一片欢乐的海洋。

为了和贵阳人民见好面，全师除一三八团已先行外，一三六团、一三七团及师直属队在图云关汇集，准备举行入城仪式。

战士们换上最干净的衣服，步枪上好刺刀，脱掉枪炮衣，编好军号，以军旗为前导，整个部队排成三路纵队，迈着有力的步伐，浩浩荡荡地向市区进发。

贵阳市的各界人士和当地老百姓，打着"欢迎中国人民解放军"的巨幅标语，在油榨街欢迎战士们的到来。

部队沿着纪念塔、大南门、大十字，到达铜像台。一路上，红旗飘飘，步伐铿锵有力，战士们唱着嘹亮的军歌，喊着将解放战争进行到底的口号，和百姓挥手

全面解放

致意。

那天的贵阳城人山人海，到处都是欢庆的场面，欢呼声、锣鼓声、鼓掌声、鞭炮声连成一片，就像过年一样热闹，整个贵阳城都沸腾了。历史也会记住这一天，因为这一天贵阳终于获得了解放。

刘、邓命令占领毕节

四十六师顺利进驻贵阳之后，消息很快就传到了大部队。听到这个消息后，十六军全军战士精神更加振奋，加快了脚下的步伐。

十六军军长尹先炳见负责控制和接管贵阳市的十七军还没有到，当即决定：

> 四十六师留两个团，在贵阳暂停 2 至 3 天，控制这个城市的交通枢纽，保护好城市，等十七军到后接管。

十六军主力按原定部署继续前进。全军于 1949 年 11 月 18 日进至清镇西北地区，抵近乌江上游的鸭池河南岸，胜利地完成了打开大迁回通道的任务。这一任务的完成，使国民党经由贵阳的退路被切断，也割断了胡宗南集团与广西境内白崇禧集团联系的纽带。

刚刚到达清镇，十六军就接到兵团司令员杨勇、政委苏振华的电令，上面说道：十六军仍为一梯队，继续向黔西、毕节进攻。

为了顺利通过鸭池河，杨俊生参谋长和几个作战参谋进行了反复研究。之后，杨参谋长还带人站在附近高

全面解放

山上用望远镜观察地形。

在鸭池河两岸，到处都是连绵起伏的高山，河的沿岸也多是陡峭的悬崖，根本无法通行。河宽虽然不到 100 米，但水流过急，落差也较大。雷家大土附近，河南岸的山较低一些，有利于通行，但对岸离河边不远处有一座大关山，像一个巨大的屏障横在前方，紧紧地卡住了通往黔西的公路。

接着，杨参谋长就鸭池河两岸具体情况找当地老百姓进行实地了解调查。当地老百姓告诉解放军，除在长征期间，贺龙的军队曾从这里强渡过去一次外，历史上多次军阀混战，还没有哪个军队能够通过。

逃亡贵州西部的国民党军队，有一个兵团据守在这里，依靠险要的地形，在重要据点已构筑了堑壕、地堡，严密控制渡口和后面山上的通路。从雷家大土往东北下游，越往前，河谷越陡峭。往南面二三十里是鸭池河上游的白猫河，往西北还有许多支流，水较浅，利于通行，还有道路通往织金、大定等地，可以绕到黔西的后面。

根据了解的情况，杨参谋长决定用一支部队，从左翼进行迂回，这样不但可以切断黔西之敌的退路，还可以以最快的速度占领毕节，不至于因正面进攻而造成伤亡。

尹先炳军长、王政委听到杨参谋长的建议后，都觉得是一个很好的作战部署，于是命令：

以四十七师由左面向黔西侧后穿插，待其进至鸡场、羊场坝地区后，四十六师主力再开始从正面实施强攻，同时，以一三七团乘敌不备，由右面的青杠坝偷渡，插黔西东北，协同歼灭黔西之敌，迅速占领毕节。

到了 11 月 21 日，五兵团接到刘伯承、邓小平二野首长发来的作战命令：

从战役全局来看，解放军左翼迂回部队极为重要。判断敌人于南川、接江掩护收容后，大概会退守重庆，或西退至泸州、宜宾、毕节、昭通迄昆明地区，而以后者可能最大。因此我十六、十八、十等三个军，如能先敌到达叙永、筠连、盐津地区，即可完成断敌退滇后路，而各个歼灭之。计算时间，十六军 28 日可达毕节，12 月 2 日左右可达叙永或盐津，十八军比十六军迟三天，十军 28 日可达茅台，12 月 2 日左右可达赤水。而敌人由接江到泸县约四天行程，由綦江到叙永约七天行程，由泰江到盐津约十一二天行程。假如敌于 25 日开始西撤，则 12 月 1 日可达叙永，12 月 6 日可达盐津。因此，除五兵团及十军应确实计算行程与时间（包括战斗）求得先敌占领土城、叙永、盐津之线争取主动外，三兵团以从正面多拉敌几天为有利。

　　五兵团杨勇司令员看到电报后，马上命令十六军：一定要按刘、邓首长规定的时间，占领毕节、叙永等地。十六军的尹先炳军长、王辉球政委也立即作出决定：全军于21日开始向黔西、毕节进击。

　　根据军部指示，四十七师决定：

　　　　以一四一团为主组成先遣支队，由师参谋长薛宗华率领，于当日黄昏，隐蔽进至鸭池河上游的白猫河东岸展开战役，必须用强大的火力压制对岸之敌，以此掩护迂回部队。同时，以先头分队利用携带的渡河器材渡河，抢占桥头堡，掩护部队架设浮桥。

　　作战部队到达鸭池河，发现这个地方真的很险要，不太容易通过。鸭池河面不宽，大概只有100多米，但两岸都是很高的陡壁，水流特别急，架桥很困难。薛参谋长一面命令机枪手以密集火力压制对岸敌人，一面把部队展开，派出侦察员，勘探位置，研究架桥计划和实施方案。

　　之后，架桥部队在敌人密集的炮火下，先派突击分队利用黑夜，在强大火力掩护下，乘坐随军携带的渡河器材强渡鸭池河，占领桥头堡，击退对岸守敌。

共和国的*历程*

·黔边追击

到达对岸后，战士们拉起桥轴线，打起架桥木桩。这时，解放军的其他部队从各地搜集到的竹木材料也陆续运到河边，配合工兵战士快速架桥。

　　经过近 8 小时的艰苦铺设，解放军的工兵战士们终于在 11 月 22 日中午以前把一座能通过军师辎重的浮桥架设了起来。桥架好后，战士们冒着敌人的炮火，快速通过了鸭池河。

全面解放

顺利解放毕节

十六军四十七师过了鸭池河后，隔岸的国民党阻击之敌早已逃窜。在完成架桥任务之后，军、师首长下达了新的命令：

> 增派一四〇团归薛宗华统一指挥，经羊场坝、大定（今大方县）直捣黔西北重镇毕节。

师参谋长薛宗华带领部队继续向前挺进，准备去解放毕节。但在进军的路上，仍然受到国民党小股部队的袭扰，战士们边打边走，用了两天的时间，终于在 11 月 25 日傍晚抵达羊场坝。

部队进至羊场坝后获悉：大定县城集结着大股国民党军。薛宗华立即令部队支锅做饭，稍作休息，进行简短的政治动员和其他准备。

薛宗华为了抓住这个战机，在天黑后就命令部队转入急行军，对大定县敌人实行远距离奔袭。

又经过一夜的急行军，先头部队在拂晓前进抵大定东北方向的山垭口。这个时候，国民党部队还没有任何察觉。于是，解放军战士悄悄地潜伏到了敌人的营地附近，当时国民党的部队还在被窝里睡大觉。

一四一团的战士们以迅雷不及掩耳之势，发起突然袭击。解放军仿佛从天而降，让敌人大为惊骇，军营里一片混乱，早已忘记了反抗。

师参谋长薛宗华到达大定后，在街北路的一所房子里刚把指挥所安排好，一四一团团长杜伦才就带来了一个国民党俘虏。杜伦才告诉薛宗华，此人原来是国民党四十九军的少将参谋长饶启尧。

薛宗华让饶启尧坐下，打算问明其部队番号和有关兵力部署等情况，可是饶启尧这家伙却故作清高，傲慢地说："作为一名军人，你们别想从我的嘴里问出什么。"

听到饶启尧这么说，在场的两个人笑了，觉得这个人太虚伪了。薛宗华便严厉地说："作为一个军人，你就不该当俘虏！你现在是俘虏，必须老老实实地把情况讲出来，否则从严惩办！"

这个国民党参谋长就不再那么嘴硬了，低下了头。薛宗华让人把他带下去继续审问。

这场战役，用了不到一个小时的时间，在天亮前就结束了。解放军俘获了数百敌人和一些辎重，而一些国民党残余部队就逃到附近的山林里去了。

薛宗华参谋长率领部队离开大定，继续向毕节挺进。在行军途中，曾多次受到公路两侧小股敌人的滋扰，薛宗华命令部队以少量轻机枪、六〇炮进行火力驱逐，而大部队则沿公路继续向前推进。

11月27日下午，当薛宗华率领的部队离毕节还有一

全面解放

段路程时，部队得到情报说，敌人已经撤出毕节城。随后，又有消息说，毕节现在成为一座空城，国民党守敌已经不知去向了。

这个时候，天渐渐暗了下来，并下起了淅淅沥沥的小雨，在公路两侧，敌人的枪声依旧在耳边回荡。

薛宗华当即下令：为不惊扰和误伤城内居民，部队野外就地宿营。遵照命令，各部队停止前进开始宿营。随后，薛宗华召集几个领导商议，因考虑到毕节是黔西北重镇，为扩大中国共产党和解放军的政治影响，决定举行一次盛大的入城仪式。

薛宗华等人对解放军入城式的序列、要求作了统一细致的安排和指示。天亮之后，部队首先派出侦察分队进城布置警戒。各部队经过一整夜的休息和准备，精力旺盛，春风满面，等待着和毕节的老百姓见面。

这支由两个团和师直属侦察、工兵分队组成的先头部队在1949年11月28日上午10时，进入黔西北重镇毕节。这时，灿烂的阳光照射着大地，一切都暖洋洋的。

部队举行了隆重的入城式：按一四一团、一四〇团的序列，一律换上新洗的军装，步枪上好刺刀，轻重机枪和各种炮都摆在外边，让老百姓观看，各营连的号兵走在队伍的前头，部队显得威武雄壮。

部队排成4路纵队，迈着整齐的步伐，向前进发，像一条充满着无限生机和活力的巨龙。

在部队进城之前，城内的老百姓和各界人士听说解放军要进城，都积极行动起来，准备热烈欢迎解放军的到来。

解放军进入毕节城的时候，街道两边挤满欢迎的人群。老百姓喊声一片，并挥舞着手里的彩旗。

有的人还高声喊着口号："欢迎解放军解放毕节！"

还有的群众喊道："向解放军致敬！"

解放军战士一个个都满面春风，看到群众这么热情，战士们也向欢迎的乡亲们致意，同时振臂高呼："感谢贵州人民的支援！"

后来，全军战士一起大声喊道："打倒蒋介石！解放全中国！"

霎时间，口号声、欢呼声、歌声、鞭炮声、锣鼓声响成一片，久久地回荡在毕节城的上空。

在万众欢腾、共庆胜利的热烈气氛中，解放军庄严地宣告：毕节解放了。随后，解放军继续开赴贵州各地，全面解放了贵州。解放贵州之后，留下一部分部队，其他大部分兵力继续向西南挺进。

全面解放

各级人民政权建立

在二野五兵团接受解放贵州任务的同时，一些政治干部也陆续向贵州挺进，准备在贵州解放后，接管城市，开展政治工作，并建立地方政权，使贵州能够平稳过渡。就这样，一些政治干部也随军西进。

早在1949年10月21日到23日，二野五兵团党委和贵州省委在邵阳召开联席会议，对贵州解放后如何接管等问题作出了全面部署和安排。

10月26日到27日，即将赴任贵州的省委成员召开各大队负责人会议，传达部署进入贵州后的工作方针、接管建政原则和各项工作任务，分配了各大队接管的地区，任命了各地区的党、政、军负责人。

命令五兵团的四大队接管镇远地区的工作，人员安排如下：

> 由吴肃、王耀华（转业干部，原任十七军后勤部政委）、曾宪辉、王富海、袁子清为委员，组成中共镇远地委。吴肃任副书记（书记缺），王富海任组织部长；确定王耀华任贵州省镇远区行政督察专员，袁子清任军分区副政委。岑巩、三穗、天柱和镇远的青溪由负责接管铜

仁地区的第六大队接管，第四大队的第三中队
拨给第六大队。

中共贵州镇远地委建立后，在行军途中立即着手安排镇远地区的接管建政工作。11月5日，镇远地委在湖南芷江召开各中队负责人会议，传达邵阳会议精神，研究布置各中队的接管任务。

会议按照"先接管交通沿线及附近的县，后接管离交通线较远的县，由点向面发展"的原则，分配了各中队接管的县并宣布了这些县的党政负责人。

对岑巩、三穗、天柱县的接管，具体负责人于10月30日到11月2日在湖南安江召开的会议上作了详细安排。为了缩短解放后无人管理的混乱局面，接管任务确定后，大队和各中队即迅速分赴镇远各地进行接管。

11月8日镇远解放。11月11日，第五兵团西进支队四大队1200余名党、政、军人员抵达镇远，受命接管国民政府贵州省第一行政督察区专员公署。同日，贵州省人民政府镇远区行政督察专员公署成立，王耀华任专员。

11月11日，贵州镇远地委、行署、军分区进驻镇远城。11月15日，专员王耀华发布就职布告，宣布镇远区行政督察专员公署成立，以安定民心。各中队进入负责接管的县城后，也首先张贴安民布告，宣布新政府成立。

贵州镇远地委在部署接管工作时，都将边远县安排在后面。这些县或是解放稍晚，或是解放后被土匪占据，

全面解放

因而对其接管任务推迟到 1950 年 1 月至 3 月。

镇远地区对地、县所属机构的接管，按照新解放区接管工作"按各系统，自上而下，原封不动，先接后分"的原则进行，重点放在企业、财经部门和军事部门。

一些部门（如邮电、交通）没有适当的干部接管，便派代表进驻。对旧职人员实行包下来，区别对待，量才录用，妥善安排的政策。

这一政策对顺利进行接管起到很大作用。许多旧职员主动到人民政府报到登记，移交文书、档案、财物。

地、县党委、政府设置的机构，党委为一室（办公室）三部（组织部、宣传部、社会工作部），政府一般设公安、民政、财政、粮食、税务、工商等部门。

对区、乡的接管，贵州省委要求在干部条件允许的情况下，一直接管到乡，如干部条件不允许可派干部驻乡。各县基本接管了区，控制了乡。

一些县除个别乡外，都进行了接管。未正式接管的乡，将乡政府改为支前委员会，利用其维持社会秩序和借粮工作。旧的保甲制度维持不变，保、甲长全部留用。

12 月 15 日，国民政府贵州省第一行政督察区专员兼区保安司令任盛廉率领独立营 4 个连，在望江、涌溪起义，将国民党镇远专署的文书、印信、档案、家具、武器弹药等移交镇远专员公署。

镇远人民政权的建立只是贵州解放的一个例子，在同一时刻，贵州各地人民政权也在如火如荼的建设当中。

从贵州省委到各地区陆续出现了新政权，为地区稳定起到促进作用。

由于解放军十七军大部进入云南，贵州省人民政府和五兵团首长据实情发出指示，对兴仁专署和所属各县的政权暂不接管，专署和所属各县组成解放委员会，原有军、政、警工作人员照常供职，维护好地方社会秩序，做好粮食征收及迎军支前工作，并保管好国家的一切资财、档案，等待接管。

解放军十七军奉命从云南返回贵州后，十七军四十九师一四五团团直属队等留驻盘县，协助当地政府发动组织群众，建立新政权。

为解决接管干部严重不足问题，贵州省委、贵州省人民政府、五兵团领导和兴仁军政代表团决定从一四五团、中共盘普区工委、盘县游击团、盘北游击大队、北方老解放区南下干部、解放军南京、江西军政大学随军南下学员中抽调一批干部、战士、学员，同时贵州省委请示云南省委从罗盘区境内抽调干部，加上盘县旧政府及县属单位起义人员、开明绅士、新培养的地方干部组成接管班子，准备接管。

为尽快地建立地方政权，1950 年 1 月，贵州省委决定成立贵州省人民政府第五兵团兴仁军政代表团，负责对兴仁地区进行全面接管，各县成立军政代表团办事处。1950 年 1 月 20 日，兴仁军政代表团盘县办事处成立，全面领导盘县的接管、征粮、剿匪、治安和新政权筹建工

全面解放

作。解放委员会作为具体工作机构，在办事处领导下进行工作。

干部们的热情很高，虽然政权建立后受到了土匪的扰乱，但有广大的贵州人民群众的支持，干部们仍然信心十足，一面开展政府工作，一面和土匪作斗争。

四、 镇压匪乱

● 贵州各地获得解放后，国民党在贵州的统治虽已土崩瓦解，但当地的匪乱十分猖獗，威胁着人民群众的生命财产安全，贵州局势依然严峻。

● 那些潜伏已久的土匪武装和国民党特务，见叛乱的时机到了，纷纷蠢蠢欲动。他们四处奔走串联，迷惑群众，煽动反动情绪，这些无恶不作的土匪恶霸终于开始行动了。

● 邓小平强调，要取得胜利，不仅需要坚定和勇敢，更重要的是要有智慧、有策略、有办法。

猖狂的土匪

贵州各地获得解放后，国民党在贵州的统治虽已土崩瓦解，但当地的匪乱十分猖獗，威胁着人民群众的生命财产安全，贵州局势依然严峻。

当贵州各族人民为获得解放而欢欣鼓舞，努力恢复生产，重建家园的时候，潜伏各地的国民党军队的残余势力与封建势力、土匪、恶霸相勾结，组织发动了以颠覆人民政权为目的的土匪大暴乱，妄图把新生的人民政权扼杀在摇篮之中。

贵州匪患持续的时间特别长，在大西南剿匪过程中，显得最激烈也最漫长，引起了中共中央和西南局分区的高度关注。这些土匪非常猖狂，他们逆历史潮流而动，对解放军进行顽固抵抗和扰乱。

贵州土匪如此猖狂，是由多方面原因造成的，有如下一些方面的原因：

一方面是因为解放军向前挺进速度比较快，未来得及站稳脚跟，就继续向西南的其他地区进军，没有完全控制好局面。

新政府对贵州的封建势力、封建秩序和国民党的反动保甲制度还未来得及触动，广大乡村仍被其所统治，大量的封建迷信组织（如哥老会及其他会道门等）和民间枪支仍为其所掌握。

二是在西南作战中，一些封建势力的代表人物，乘新政权还没有站稳，进行招兵买马，扩充兵力，为了自己的封建利益进行顽固抵抗。

三是贵州山高谷深，地形复杂，交通不便，文化落后，地区贫富悬殊等因素，也给土匪的活动提供了有利的条件。

贵州匪乱的猖獗与大量的国民党特务有着很大的关系，因为很多国民党特务都是土匪的骨干成员。这些土匪的后台多为封建地主，他们依靠封建关系，招兵买马，提供枪支，以叛军、惯匪为打手，欺压百姓，强买强卖，并聚众闹事。在土匪成分中，地主、恶霸、军阀、政客、特务、惯匪几乎占十分之九。

贵州的土匪有如下一些人：

自称"贵州人民反共自救军总司令"的曹绍华、与台湾用电报保持联系的大特务相家华、匪"黔东南绥靖区总司令"谢世钦、匪"黔东北总指挥"史肇周、匪"第十四兵团司令官"蔡世康、匪"反共救国军第八兵团司令"罗湘培、匪"贵州人民反共自卫救国军第二副司令"

镇压匪乱

车开荣、石阡县的两大封建势力代表并称"西吴"、"东吴"的吴登仁、吴河清……

这些土匪恶霸大多和国民党势力勾结在一起，成为国民党反动统治、封建主义、法西斯主义的反动代表。可见，造成匪乱猖狂的局面和国民党的纵容有着很大关系，而且，国民党还直接策划了贵州匪乱。

早在 1949 年 1 月，国民党贵州省政府主席谷正伦和贵州保安副司令韩文焕就秘密到南京接受反动任务，蒋介石妄图把贵州当成抗拒共产党的最后一块根据地。

在蒋介石的指示下，谷、韩等匪帮和中统、军统等特务机关勾结在一起，共同策动土匪暴乱。他们对贵州当地土匪进行"反共"思想的"教育"。

谷、韩匪帮更是加强了对土匪的军事训练，并大量招兵买马，从人力上为其开展所谓的"游击战争"和长期干扰解放军做准备。

谷、韩匪帮还开办土匪训练班，把贵州地主恶霸、军阀政客、土匪特务、帮会组织中的反动分子都大量收罗、组织起来，试图把他们培养成"反共中坚"，作为和新中国政权对抗的力量。

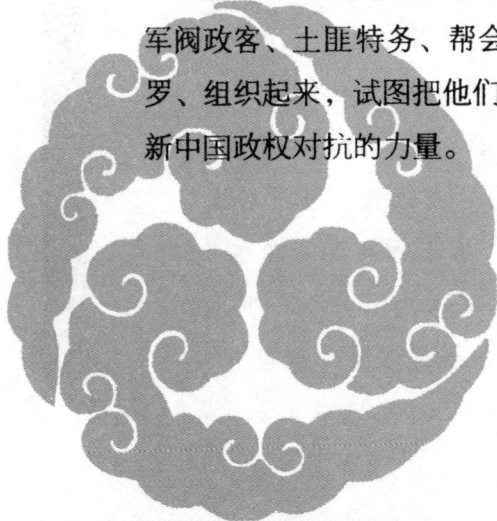

新生人民政权面临考验

在贵州藏匿着大量的土匪和反动武装，但当时西进大军来势凶猛，他们有些胆怯，并没有太大的举动。一些旧时的封建地主因为不太了解共产党和解放军的政策，也在暗中观察和等待。

贵州解放后，贵州各地人民群众都在庆祝胜利，表面上看比较安定。

可是好景不长，解放军继续向西挺进后，只留小部分兵力在贵州，其余大部有的入川作战，有的进入云南。当时有少数部队在贵州负责城市接管和地方治安工作，除城市之外，广大农村并没有军事部署。

那些潜伏已久的土匪武装和国民党特务，见叛乱的时机到了，纷纷蠢蠢欲动。他们四处奔走串联，迷惑群众，煽动反动情绪，这些无恶不作的土匪恶霸终于开始行动了。

这些早有预谋的土匪们，先是小范围进行破坏行动，以此来试探解放军的情况，后来发现解放军在贵州的力量薄弱，就明目张胆地搞起了破坏。

再后来，土匪进行了大范围的叛乱和破坏，专门对抗解放军和新生的人民政权以及单独执行任务的解放军部队。他们袭击单独行动的地方工作人员，伏击解放军

镇压匪乱

的班排分队，攻城掠镇，占领地盘，进而疯狂地展开了大规模的土匪游击战。

贵州土匪和国民党特务妄图与西南几省的土匪遥相呼应，实现其建立西南大陆游击根据地的阴谋。土匪的破坏、进攻给新生的人民政权和社会的安定带来了极大的挑战。

除贵州各地封建顽固势力纷纷自树旗帜、霸占一方外，一些原先的国民党起义部队由于受到特务分子的鼓动，也开始武装叛乱，与解放军进行对抗。

根据当时的统计，贵州全省大约有土匪集团 460 余股，武装土匪达 13 万人之多，武器装备也有一定规模。他们到处抢劫、破坏、杀人、暴动、劫商行、打军车，围攻刚刚建立的乡镇人民政府和县城，残害人民政府的工作人员及进步人士，气焰十分嚣张。

1950 年 1 月 14 日，二野五兵团参谋长潘众随兵团司令员杨勇率兵团指挥机关参加成都战役后返回了贵阳。在他们途经遵义、乌江之间的刀靶水时，当地土匪得知杨勇司令员的行踪，便在刀靶水事先设下了埋伏，企图消灭解放军二野五兵团的首长。

土匪们待五兵团机关部队进入伏击圈后，就一起向解放军战士发起攻击，战士们马上停下来进行反击。

有一个匪首高喊："打吉普车，那里坐的是大官。"

就这样，坐在吉普车里的杨勇司令员成了土匪射击的目标。顷刻间，吉普车篷被子弹打了一个又一个洞口。

幸好杨司令反应快，马上下车指挥战斗。最后，解放军战士将土匪击溃，安全抵达了贵阳。

4月6日，十六军一四一团一营，被三股猖狂的土匪包围在水城、纳雍之间地带，战士们打了3个昼夜的时间，才脱离了土匪的包围圈，但也因此付出了牺牲200多人的代价。

4月下半月，贵州省委和五兵团领导到重庆西南局参加会议，在川黔边界处受到800多名顽固土匪的疯狂阻击。

在短短的两个月时间里，这群恶贯满盈的土匪恶霸，给解放军和新生的人民政权带来了极大的危害，单单解放军的军政人员牺牲的就多达2000多人。

军政人员积极保护人民的生命财产安全，开展地方工作，他们还组织领导群众和匪特封建势力作斗争。为此，有的人献出了宝贵的生命。

当时，贵州全省被土匪控制了31个县，而新生人民政权控制了48个县，且多是县城和少数乡镇，广大的乡村地区并没有触及。

摊开那张土匪分布地图，整个贵州就像一张被虫蛀得千疮百孔的大桑叶，而解放军控制的几条主要公路线就好比几根残存的叶茎，随时都有被吞噬的可能。

在短短两个月时间里，贵州大部分地区交通受阻、城乡隔绝、生产停滞、商业萧条，老百姓担惊受怕，社会秩序十分糟糕。新生政权无法正常工作，生命安全难

镇压匪乱

以保障。

由于中共中央和西南军区对贵州当时土匪力量和破坏性估计不足，使留在贵州的解放军一时难以抵挡土匪的疯狂进攻。

当时一些干部和战士在思想上还没有认识到匪乱的严重性，所以，某些战士和干部对土匪不以为然，有的人甚至觉得："大江大海都过了，还在乎这几个毛匪？"

土匪一次次袭扰和进攻，不仅牺牲了很多战士和干部，连正常工作都无法开展，这才使大家认识到匪乱的严重性。

而这个时候，中共中央和西南军区也开始关注贵州的匪乱问题了，并思考着如何部署剿匪事宜。

中央要求镇压匪乱

针对全国各地出现的土匪情况，中共中央发出了大力开展剿匪行动与建立革命秩序的重要指示，提出了"军事进剿、政治攻势、发动群众"三者相结合的正确方针和"镇压与宽大相结合"、"首恶必办，胁从不问，立功受奖"的政策，号召把剿匪工作进行到底，给人民群众一个安定的社会环境，也为开展地区工作创造条件。

鉴于贵州和西南等地的土匪已经到了十分猖獗的地步，所以，早在1950年2月，邓小平就亲自草拟了一份"关于西南情况和工作方针"的加急电报，放在了毛泽东的案头。

毛泽东主席在百忙之中，翻阅了邓小平的电报。

邓小平在报告中写道：

> 鉴于西南匪患的猖獗，剿匪已成为全面的中心任务。不剿灭土匪，一切无从着手。不甘心失败的国民党残余势力和封建地霸武装，沆瀣一气，妄图颠覆新兴的人民政权。

毛泽东看完电报后，同意邓小平的决定，并作出了重要的指示。

镇压匪乱

3月，刘伯承、邓小平和贺龙等首长召开会议，对西南的整体剿匪工作进行研究，最后作出了具体的安排和部署：

> 西南封建势力原封未动，剿匪已成为西南全面的中心任务，不剿灭土匪，一切无从着手。
>
> 迅速安定社会秩序、恢复和发展生产，是广大群众最迫切的要求，也是各阶层人士所热烈拥护的，要求西南全党、全军必须坚决贯彻党中央关于剿匪的一系列方针政策，要把剿匪斗争当作解放大西南的第二战役来打，要求野战军地方化，领导一元化，重新调整兵力部署，迅速学会新的斗争方式。

在这次会议中，大家一致认为，剿匪战斗要比普通的军事斗争复杂与艰苦得多，仍然包括流血和牺牲，而且不是打几个冲锋就能解决问题的。

邓小平强调，要取得胜利，不仅需要坚定和勇敢，更重要的是要有智慧、有策略、有办法。

就这样，一场大规模的剿灭土匪斗争，就此拉开了序幕。

西南局和西南军区部署完剿匪任务后，贵州省委和军区也多次召开了军事会议，详细讨论了贵州的匪乱形势，认识到了土匪问题的严重性，具体部署了贵州的剿匪工作。

会议作了重要的人事安排，以省委书记兼军区政委苏振华、省主席兼省军区司令员杨勇为核心，成立了25人的剿匪委员会。在党委一元化领导下，号召广大人民群众积极参与和支援剿匪斗争。

在西南军区部署剿匪工作之前，各部队就开始为剿匪积极行动，全力做好各项准备工作。

解放军二野五兵团曾发布命令：十六军主力除四十八师留川剿匪外，其余部队全部返黔剿匪。

根据五兵团的部署，十六军军部带四十六师一三六团、四十七师一三九团、补训团、炮兵营开赴遵义地区，执行剿匪任务。

对于贵州猖獗的匪患，很多战士已经是愤恨到极点了。自从部署完剿匪的任务后，大家都迫不及待地要奔赴战场，下决心要杀杀这群土匪的气焰。

当时十六军还把各剿匪部队领导召来，按照中央和西南军区的指示，在作战地图上划分了剿匪区域：

镇压匪乱

　　一三九团以仁怀为中心指挥所，负责仁怀、桐梓、习水、赤水四县的剿匪工作。团部率三营驻仁怀；二营驻东皇场，所属一个连驻赤水（现官渡区）；一营驻桐梓。

　　一三六团以绥阳为中心指挥所，负责绥阳、正安、道真、凤冈、务川五县的剿匪工作。团部率三营驻绥阳；一营驻正安，所属一个连驻凤冈，所属一个连驻务川。

军直属部队组成遵义、湄潭指挥所。炮兵连驻湄潭；警卫营两个连驻遵义市；补训团两个连及通信连、担架连分布于遵义县各区。

五、 肃清土匪

● 知道解放军要来剿匪，遵义的人民群众表示热烈欢迎，给予大力支持。

● 解放军在贵州西边逐一清剿每个县的土匪，本着"东逃不追，潜伏漏网不打"的方法，逐步达到净化的效果。

● 作战科通知各部队，全线出击。贵州人民也期待着能够将土匪清理干净。在解放军的打击下，土匪的处境已经是岌岌可危了。

向匪占区挺进

根据五兵团的行军计划，十六军四十六师一三六团、补训团、炮兵营从四川省綦江进入桐梓县，然后转向直插绥阳地区。

四十七师一三九团从四川省叙永县进入赤水，而后到达仁怀。各部都在 2 月上、中旬进入指定位置。

当时遵义地区的匪患比较严重，所以军区决定先清剿遵义的土匪，由此拉开剿匪的序幕，好让猖狂的土匪尝尝解放军的厉害，打击他们的嚣张气焰。

遵义是黔西北重镇，历来都是兵家必争之地，而且还是历史名城。当年红军长征时，就在这里召开了重要的遵义会议，从而确立了毛泽东的军事领导权。从那之后，中国革命才一步步走向了胜利。

知道解放军要来剿匪，遵义的人民群众表示热烈欢迎，给予大力支持。为了统一领导和指挥，杨勇、苏振华决定十六军军部与军分区机关合并，称"十六军兼遵义军分区"，统一部署遵义的剿匪工作。

然后，调整组织机构，重新安排人事部署。部队分散到遵义各地后，投入到激烈的剿匪斗争中。大家下决心一定要清除匪患，使遵义地区恢复安定和谐的局面。

在剿匪行动的同时，战士们协助地方干部，开辟了遵、桐、仁、凤、绥、循等县的区、乡工作。一些尚未建立政府的边远县，地委、军分区领导共同研究了县委领导班子组成，加强了力量，很快就打开了局面。

剿匪工作绝非一件简单的事情，这群土匪也不是一场战役就能剿灭的，他们分布零散，而且都比较顽固，很不好对付。

当时本地有句俗语说："土匪土匪，就是本乡本土的匪。"这些土匪熟悉地形，作战灵活，而且善于偷袭和埋伏，所以其力量和能力不可以轻视。

遵义的土匪们人熟地熟，以小股土匪流动作战为主要方式，一时很难剿尽。十六军一部进驻遵义两三个月后，匪患形势依然严峻。

当时，遵义的匪首刘树本去鸭溪纠集零星散匪200余人，袭击鸭溪区政府，打死我战士2人；凤冈的匪首史肇周纠集200余人，煽动7个乡镇政权叛变，打死乡指导员2人；正安的匪首严怀清煽动该县县大队叛变，纠集50余人，带走机枪3挺，打死打伤解放军4人……

仅遵义县就有土匪30余股，土匪人数大概有4000多人。他们的破坏能力极强，手段残忍，不仅明目张胆地在交通线上拦路抢劫，而且到处袭击和滋扰刚刚建立的各级政府机关和一些党员干部。

遵义县城的匪乱更是令人担忧，城内有国民党退休的中将、少将和校尉军官3000余人，国民党逃跑时留下了大批的国民党特务进行"应变"。大量土匪也偷偷地混

肃清土匪

进了城里。解放军和地方政府并不完全了解这些情况，一时敌我难分，无法辨别对方的真实身份。

县城里面的特务活动十分猖獗，纵火、投毒、打黑枪、夜间袭击行人的事件时有发生。这个时候，西南军区发出了剿匪的工作指示，战士们接到命令后，军情振奋，决心要把土匪的嚣张气焰压下去，给人民群众创造一个好的社会环境。

但如何有效打击嚣张的土匪呢？经过认真商议后，遵义军分区向上级建议：

> 遵义暂不镇反，采取稳住的办法，派人打进敌人内部，了解情况，待条件成熟，一网打尽。

五兵团司令部表扬了遵义军分区能够根据本地实际灵活机动地执行上级指示的做法，批准了遵义军分区的建议，并作出了指示。

之后，遵义军分区组织了"遵义城肃反委员会"，杨俊生为主任，公安局长冯祖华为副主任。推行撤销遵义岗哨、停止清查户口、不再捉拿土匪等举措，目的是想让遵义县城暂时安定下来。

在使遵义安定的同时，解放军派人打入敌特内部，摸清土匪的实际情况，有效地掌控土匪的行动。由于遵义县土匪激增，活动频繁，军分区在 3 月 31 日成立了遵义县剿匪指挥部，由一三六团二营、一三九团一个连协同，打击遵义县土匪。

到了1950年3月底，贵州省委、军区、决定暂时放弃20多个不易控制的边沿县。4月初，匪首勾结在一起，形成三股较大的土匪势力，进行疯狂的破坏活动。这时，在余庆、瓮安的国民党起义部队叛变，流窜到遵义地区，更加重了遵义的匪患。

解放军和政府机关主动退出了匪患比较严重的地区，准备把大批土匪集中引诱到这些地区后，再合围剿灭。5月9日，遵义军分区发出剿匪工作补充指示，要求部队在巩固中心、控制要点、修筑碉堡的基础上，集中兵力打击土匪。

剿匪部队从5月上旬在遵义、仁怀南部地区大力开展剿匪工作，合击沙土、安底的土匪，又协同一三九团二、三营奔袭金沙，回剿松林。到5月底，俘匪400余名，毙伤160多名，争取180多名。

遵义的剿匪工作取得了初步的胜利，社会秩序有了一定的好转，川黔公路畅通无阻。但匪患形势依然严峻，其他地区的匪乱还很猖獗。贵州各地都在积极执行剿匪行动，战士们热情很高，下决心要清除这群恶棍。

肃清土匪

把土匪赶到金沙城

在遵义的剿匪战斗打响之后，各地的剿匪行动也陆续开始了。为了更有力地剿灭土匪恶霸，贵州军区抽调部队组成了"剿匪西集团"，指定由四十七师师长兼毕节军分区司令员郑统一任指挥。

1950 年 5 月中旬的一天，郑统一正在房间里看报纸，警卫员跑过来说，军区副司令员尹先炳通过报话机找他，说有重要事情。

郑统一放下手里的报纸，拿起桌子上的杯子猛喝了一口水，然后放下杯子来到了报务室。郑统一拿起报话机开口就说："老首长，有什么新任务吗？你就下达吧！"

尹先炳原来是十六军的军长，现在已经调任贵州军区做副司令员了，他在报话机里问了问毕节的情况，郑统一作了详细的回答。

之后，尹先炳告诉郑统一说："蒋介石的正规军被消灭了，但他们是不甘心失败的，组织土匪搞破坏是他们现在主要的反革命活动方式。邓小平政委指示，剿灭特务土匪是新区一切工作的起点，我们要认真完成这个任务。每一个新解放区，不完成这样的任务，政权是不能巩固的。"

尹先炳继续在报话机里说："毕节、遵义地区，土匪很猖獗，情况十分严重。一三九团供给处长老红军张维友同志从贵阳乘车去遵义，被土匪袭击，汽车被打坏，车上 20 多名战士牺牲。我军一个排从黔西去金沙，路过响水河时被土匪包围，全排英勇战斗，最后光荣牺牲；我们解放了的纳雍、水城、金沙、织金 4 座县城，现在又被土匪夺走了；大定（今大方）的杨家洞，有一股土匪凭险据守，控制交通要道；原国民党起义部队有少数军官也相继叛变为土匪。"

最后，尹先炳要郑统一赶快到军区开会，一起研究部署剿匪的工作。

听了尹先炳司令员的话后，郑统一在愤恨土匪残暴的同时，心里也十分难过，因为他的好朋友张维友牺牲了。郑统一和张维友是多年的老朋友、老战友，曾经一起出生入死，参加过很多战役。在长征期间，郑统一管军事，张维友管后勤，两人配合得很默契，建立了深厚的友情。

可是张维友却被土匪杀害了，他怎么能接受这个现实呢？这群土匪真是太可恶了！他下定决心要把剿匪的工作做好，这样也算是对死者的一种慰藉。

第二天，郑统一坐着新缴获的美国吉普，匆匆地赶往贵阳，在当天下午就到达了司令部。郑统一是个急性子，再加上好朋友张维友的死，更让他对土匪恨之入骨，他想马上就投入到剿匪战斗中去，把嚣张的土匪一网打尽！

肃清土匪

郑统一下车就直奔司令部的办公室，见到尹先炳副司令员，他就直奔主题说："老军长，你看这些土匪怎么个剿法？"

见郑统一剿匪心切，尹副司令员拍了拍他的肩膀，让他先坐下，然后笑着说："老办法，你今天先休息，明天开会再说。"

翌日，尹先炳副司令员就召开了剿匪工作会议，在会议上他首先介绍了土匪的情况，谈了土匪的反动本质、特点，现在盘踞的范围，有多少股土匪，接着谈怎么个剿法。在座的纷纷点头，表示赞同，而郑统一却显出迫不及待的样子。他想知道具体该怎么做，什么时候开始行动。

尹先炳副司令员说："分进合击或铁壁合围，奇袭奔袭，分区清剿、驻剿，展开政治攻势，发动群众捕捉匪首，这些办法，均已被实践证明是正确的。但是敌人也有脑袋和腿，你要抓猪猪要跑，你要杀猪猪要叫，执行起来问题很多，不成功的例子不少，要在很短的时间内把土匪肃清，一个也不漏掉是很困难的，得动脑子想办法。"

尹副司令员停顿了一下，端起旁边的杯子喝了一小口水，并用眼睛瞟了一下郑统一，然后，放下杯子，走到作战地图边，拿起指图的木棍说："贵州有八十几个县，到4月，我们才控制了四十多个县，有三十几个县不在我们手中，可见，土匪还疯狂得很哩！"

"请问副司令，我们该用什么办法对付这群土匪呢？"在座的有人问尹先炳。

尹先炳笑了笑说道："我们是打游击起家的，土匪却叫嚣要用游击战来对付解放军，从上到下搞了个《反共游击经验》，而且早在我们没进贵州时，他们就做了充分准备，把原来的 5 个保安团扩编为 8 个，各专署又成立了 16 个独立营。声称要在我们屁股后面开展游击战争。这不叫作'孔夫子门口卖文水，鲁班爷门前耍斧头吗'？"

大家都被尹副司令员的幽默逗笑了，继而又严肃地听首长讲话，尹先炳继续说道："过去，日本鬼子想用这种办法消灭我们，但是，做不到。因为他们所谓的铁壁合围，并不牢固，真正的铜墙铁壁是人民群众和我们一条心。日寇围来围去，我们没有被消灭，而是发展起来了。今天，我们还要把群众发动起来，和军队一起组成铜墙铁壁，对付土匪，这是能成功的。"

郑统一在听讲的同时，用眼睛看着前方黔西北地形图，脑子里思索着什么，突然他灵机一动，一个大胆的计划在他头脑中产生了。

这个计划就是：以金沙为中心区，把土匪赶到预设区域，然后一网打尽。这真是一条妙计啊，于是郑统一站起来对大家讲了自己的看法。

说完后，郑统一有点不自信地问大家："这样做，嘴是不是张得大了点呢？"

尹副司令员听后，走到郑统一的面前，笑着说：

"不，不大。力量不够，我调兵遣将配合你们嘛。"

之后，尹副司令员把黔西北的合围作了一个详细分析，说："这些土匪很知道行情，他们晓得往南有我十七军把守重镇，分兵驻剿，他们过不去；往西去云南的路已经切断，他们早已碰过，不会再去；往北去习水、赤水，河宽水深过不去；东面我军剿匪搞得很紧，不少土匪是从东面逃过来的。

"这些土匪已看中了黔西北地区，钻了我们四十七师在毕节兵力不足的空子。你们回毕节后，只要不派兵往金沙去，保持那里的空虚状态，四面一打，他们自然要往金沙这个袋里钻。

"只要你们集中优势兵力，先外后内，从四面八方组织纵深合围圈，严密控制渡口和大小道路，留一些通往金沙的去路，尔后包围起来，组织数十路的梳篦队形，向心合击，纵横扫荡，使土匪无任何空隙，无路可逃，这样我们就可以全面围剿土匪。"

郑统一听完尹副司令员的话后，跃跃欲试，觉得自己全身都充满了力量，他说他要用一个月左右的时间，完成这次铁壁合围任务，净化黔西 10 余县。

尹副司令员看到郑统一这么有信心，在兵力部署上也作了重要调整，除了郑统一掌握的毕节军分区主力部队外，还把遵义军分区一三九团三营、遵义指挥部五个连、四十五师一个营、贵阳军分区一个营、军大五分校一部分配属郑统一指挥。

1950 年 6 月中旬，毕节军分区就开始秘密执行金沙战役的计划。而郑统一刚回到毕节，侦察营长朱敦法、作战科长夏振水就跑来汇报侦察、作战情况。

朱营长的敌情汇报，细致具体，比郑统一在军区开作战会议了解到的情况更详细，其中土匪的人数是原先估计的一倍多，而毕节的解放军兵力却是有限的。

鉴于这种情况，他们又进行了认真的讨论，郑统一提议说："我们这次合围的特点是面积大、土匪多，但是，只要严格保守机密，不暴露作战意图，分别进剿金沙外围，剿一地发动群众巩固一地，把住土匪易于流窜的关口、渡口、大小道路，使其不能返回，这样做还是能够把大量的土匪赶往金沙的。"

郑统一又采纳了大家讨论的正确意见，经过反复思考，制订出三个阶段合围计划：

第一阶段赶"鱼"（土匪），扫荡金沙外围的土匪，先边远地带，后中心地区；第二阶段合围，四面八方一起挤，将敌人合围在金沙县城以外的地区；第三阶段聚歼，多路进击，一网打尽。

首先对第一阶段进行具体分工

毕节地区的主力部队，扫荡赫章、咸宁、

纳雍、毕节、织金、大定地区的匪特，能消灭的就地歼灭，逃跑的从西面逼使他们逃往金沙；遵义地区的部队，着重扫荡赤水、仁怀、桐梓、遵义地区的土匪，力求净化这些地区，从东北逼匪进金沙；贵阳警备区的部队，扫荡贵筑、息烽、修文地区土匪，从东南逼匪往金沙。

三个方面的部队 6 月中旬同时开始。要求 6 月底前结束金沙外围的扫荡战，7 月 5 日完成合围，以后逐日清梳密篦，缩小圈子，待机决战。

赶"鱼"入网

郑统一的合围计划确定之后，正要准备行动，驻在大定县的原国民党起义部队，却在阴谋策动叛乱，妄想把解放军派到该部队的干部杀害或是收押。

这群叛兵妄图与盘踞在大定杨家洞的"黔西北剿共总指挥部"总司令文老洞的队伍勾结在一起，以"天险杨家洞"为根据地，进而控制整个大定县城。

大定与金沙是两个毗邻的县，如果不制止这群叛乱分子阴谋叛乱，那么整个合围计划就会受阻，就无法把土匪一起赶到金沙地区，所以必须除掉这两个祸患。

时间紧迫，郑统一马上组织部队，趁夜行军，当日就平息了国民党的叛乱，并收缴了他们的武器弹药，解除了围剿计划的后顾之忧。

平息叛乱之后，郑统一就把四十七师全部集中起来，准备攻打杨家洞。

杨家洞在大定以西 40 公里的双山镇，3 个洞口横排在 700 米高的悬崖陡壁上，行军条件十分艰苦。匪首徐慕杰和恶霸地主王玉杰霸占这个有利位置，破坏电线，抢劫军邮，残杀地方干部，控制着通往大定、毕节的必经之路，进行极为疯狂的破坏活动。

郑统一的部队把杨家洞重重包围之后，指挥部多次派人侦察地形，进行了充分的准备工作。剿匪部队配置了能够接近土匪的火力，甚至连熏烧洞内土匪的石灰、辣椒面、木材都准备好了。

1950年6月14日清晨，火红的太阳从东方升起，美丽的朝霞映满了半边天空。一切准备就绪之后，剿匪部队发起了进攻。经过几个小时的激烈战斗，3个土匪洞都被解放军顺利拿下了。这次战役共俘匪首11名，匪众60余名，击毙30余名，取得了良好的战果。

土匪被俘后，郑统一审问了其中的一些土匪首领，从他们口中得知，这3个洞原来住着土匪200多人。当时，解放军的剿匪部队从空中飞下来后，除了少数土匪进行反抗外，其余大部分都逃窜了。

虽然这次战斗没有达到全歼敌人的目标，不过在整个合围计划中，打响了胜利的第一炮，为合围行动开了一个好头，也拉开了清剿大定双山土匪的序幕。

大定双山地区老百姓的热情支援，也大大增强了解放军剿匪的信心和勇气，战士们慷慨激昂地说："双山地区的这群土匪们死定了。"

为了把盘踞在各地的"鱼"（土匪）赶到金沙这张"网"里，解放军的剿匪部队，勇往直前，不畏艰险，体现了解放军神勇的作战风格。在赶"鱼"的过程中，顺便捕捉了很多条"鱼"，并从他们身上得到了土匪的部署和军备状况。

一四八团一连连长带领4个班的兵力，负责守卫大塘渡口。他们夜间巡逻江防，到了白天渡江配合部队清剿散匪。战士们日夜奋战，短短半个月的时间，就俘匪121人，缴枪10支。

一四八团用5个连的兵力配合部队剿匪，不仅有效地守卫了江防，还俘虏了匪"反共救国军"军政联络处处长兼开阳县长钟大全、大队长杨萍福等以下486名匪徒，缴获各种枪194支，有力地支援了剿匪工作。

而杨家洞的成功拿下，为发动金沙战役作好了铺垫。大定地区的土匪平息之后，郑统一马上带领指挥部作战科、侦察科、通信科的三个科长前往赫章、威宁、纳雍、水城等地检查各部赶"鱼"的情况，要求各部队，不能漏掉任何一股土匪，力求把所有的土匪都逼到金沙地区。

郑统一到西线坐镇指挥剿匪后，土匪们纷纷往金沙方向逃窜。因为在金沙地区，解放军并没有进行剿匪行动。事实上，土匪正好中了解放军的圈套，只有这样才可以把土匪一网打尽。

解放军在贵州西边逐一清剿每个县的土匪，本着"东逃不追，潜伏漏网不打"的方法，逐步达到净化的效果。到7月上旬，出现了预想的情况：西线，毕节、大定境内的土匪已进驻金沙县城；南线，几个县的土匪从黔西以东，北渡鸭池河，进入了金沙县境；东线的土匪全部赶过了鸭池河；北线的土匪大部分逃往金沙。

鉴于这种情况，郑统一马上召开会议，研究部署下一步的工作，讨论中发现了两个问题：一是匪首文老洞

肃清土匪

没有进金沙；二是威宁、赫章、水城、纳雍的土匪离金沙很远，不打算逃往金沙地区，也不敢经毕节、大定这条交通干线进入金沙，他们想与解放军打游击战。

照这样下去，这些"鱼"不入金沙这张网，肯定会牵制解放军毕节军分区的主力剿匪部队，到时候，合围金沙就会兵力不足，任务就很难完成了。

面对这些不利的情况，大家集思广益，献计献策。侦察员出身、善出奇兵的营长朱敦法想了一会儿说："土匪的指挥部现在没有进驻金沙，但早晚会进去的，原因在于，土匪大部分在金沙，而金沙境内没有剿匪行动，对他们来说比较安全，所以他们必去这个地方。"

朱敦法继续说："除非土匪知道我军在金沙的合围计划，才不会进去。而事实上土匪们把金沙当小台湾，可见我军的秘密他们并不知道，暂且可以不理会第一个问题。至于第二个问题，黔西北边缘地区的土匪，他们不了解金沙境内的情况，他们也没有进金沙的打算，逃窜的目的不明确，自然赶起来就不容易。"

"如果分两步走呢，大家看怎么样？"郑统一听了朱敦法营长的话后，提出了自己的问题。

"那该怎么走法？"作战科长夏振水反问郑统一。

郑统一说道："首先，把准备清剿织金的兵力调出来，攻打水城一带，空出织金让他们钻进去，让他们和盘踞织金的土匪会合，我们反过来，再多路围剿织金，到那个时候，土匪定会一起逃往金沙地区。"

郑统一的话刚刚说完，其他人就拍手叫好，他的建议立刻得到了大家的同意和支持。之后，郑统一马上向尹先炳副司令员报告了下一步作战计划。尹先炳接到报告后马上作了批复，命令郑统一的剿匪部队要尽快行动。

会议结束后，郑统一把要派到织金剿匪的部队重新调到了纳雍、水城一带，加强边缘地区的清剿。剿匪部队从赫章、威宁往东，对一座座山林、一条条沟壑进行梳篦式的清剿。土匪无路可逃，纷纷奔向了织金。

就在这个时候，剿匪部队又得到情报说，此刻匪首文老洞也在织金城内。鉴于这种情况，郑统一马上组织了十几路的清剿队伍向织金进发，准备在三天内从四面八方一起进击织金。

匪首文老洞，在红军长征期间，是贵州军阀王家烈手下的一名团长，他做过国民党专员，曾经在鸭池河同红军交过手。当时他带的一个团被红军打得落花流水，最后就和几个残兵逃跑了。文老洞平常都在洞中，不像其他匪首到处乱窜，所以人们给他起了个绰号叫"文老洞"，另外他对黔西北一带地形也了如指掌。

这次，文老洞一听解放军分十几路直取织金，觉得织金难保，战役打响之后，他便带着指挥部连夜逃向金沙。被解放军从赫章一带赶到织金来的各股匪众，看到文老洞向东北走，也都争先恐后地向东北逃窜，连夜越过公路，逃到了金沙，掉进了解放军的埋伏圈。

就这样，郑统一的剿匪部队胜利完成了对金沙外围

肃清土匪

土匪的扫荡任务，把大部分土匪都引到了金沙这张大网中。在纵横几百里，面积约占贵州省五分之一的高原地带，剿匪部队把土匪赶进了金沙地区。

第一步的合围工作完成，进入了作战的第二个阶段，这个阶段要清剿这张"网"内的大量土匪。

收网"捕鱼"战术

金沙地区的地势比较险要，南面和东面是鸭池河及若干支流；北面是赤水河及若干支流，两条河组成一张水网，把金沙地区紧紧地包围在其中。

鸭池河和赤水河的两岸，多为悬崖陡壁，河水在陡壁之间奔腾而过，汹涌湍急，人根本无法蹚水渡河，也不能靠船只和桥梁通过，只有县城附近的金沙小平原是一个比较平坦的地带。

金沙是一个易守不易攻的城镇，但是一旦被围进金沙，也就陷入了进退两难的境地，只能坐着等死了，这正是解放军把土匪赶到金沙的目的。

郑统一仔细地看着布满曲线的作战地图，拍手叫好。他心里很高兴，伟大的行动马上就要开始了。

郑统一觉得尹先炳副司令员选择金沙作为铁壁合围的中心，真是明智的选择。

"报告首长，我侦察回来了！"有人在外边报告说。

原来是侦察营长朱敦法来了。郑统一赶忙回过头来，让他进屋，又倒了杯开水，让朱敦法坐下来报告情况。

朱敦法抹了把汗，端起了杯子就喝水，但觉得太烫，又放下了。

朱敦法看着郑统一兴奋地说："首长，我们抓住了敌

肃清土匪

人司令部的一个参谋，我们把他提供的情况和我们掌握的情况对照了一下，情报是可靠的。"

说完情况，朱营长又端起杯子吹了吹，喝了一小口水后，站起来把指图棍拿在手中，走到挂着作战地图的墙壁前面，看着地图。

朱营长转过头望着郑统一说："匪总司令文老洞带着一个警卫连驻在安底镇，指挥部所属的冯、罗、宫三个得力匪团，住在他的周围，宫团住北面，冯团住西面，罗团住东面。最近他们正在城里召开会议。从刚刚了解到的情况来看，敌情不可能有太大的变动。"

"土匪知道解放军对他们进行合围的计划吗？"郑统一走到朱营长的面前问。

"暂时还没有，他们认为我军的主力在织金、水城、纳雍一带，暂时无暇顾及金沙。"朱营长回答说。

"他们下一步会有什么打算，那俘虏说了吗？"

朱营长说："文老洞告诫部属说，在不到迫不得已的情况下，不要和我军硬拼，而要准备游击战。他说用不了多久，我军要来进剿金沙，那时他们再转到纳雍、赫章去，决不在金沙地区困死。"

朱营长继续提高嗓门大声说："这回决不能让他们跑掉了，我们要立即行动！"

事不宜迟，郑统一马上对部队下令："收网捕鱼！"

命令下达之后，战士们激情高涨，驻扎在金沙附近几十里的解放军战士，像射出的子弹，多路人马一齐向金沙冲过来。

金沙，是一片肥沃的土地，解放军的剿匪部队把这群大大小小的"鱼"都赶到了金沙，要包围起来，把他们一起消灭掉。

但是不能打烂金沙城，要尽量减少金沙人民生命和财产的损失，所以不能在金沙城内打仗，也不可以在城里包围他们，要把他们引到金沙城外。

为了有效地剿灭土匪，郑统一命张副团长亲自指挥三营，在解放军剿匪部队未到合围地带的两小时里，迅速占领金沙，把土匪从城里赶出来。

师指挥部预计这是可以做到的，因为根据得到的情报看，土匪是不想与解放军硬拼的，而是想打游击战，只要三营一插进城，城里的土匪就会往城外跑。

事情的发展如师部所料，22 时 10 分，张副团长发来电报，说三营"已于 21 时 50 分占领了金沙城，敌人向安底镇方向败退集结"。

"好！"郑统一大叫一声，接着带着部队快速向包围圈挺进。

24 时，郑统一率领的部队已经到达了包围圈地域。这时，解放军发起了总攻。

刹那间，包围圈像一条巨大的火龙，形成了几公里宽的大火圈，把金沙和安底镇照得火红通天，犹如白昼一般。

火光刚刚暗淡下去，天也快亮了。

这时，被解放军合围在安底镇的各路土匪想突围，在模糊的雾气里，隐约听见某个土匪头子嘈杂的叫骂声："他妈的，往西往西！快，往西！"

郑统一走到一台无线电报话机前，放大声音对着话机说道："朱营长，朱营长，土匪正在向西突围。"

朱恒金营长在报话机中说："就让他们过来吧！不到40米，他们不会知道解放军的厉害！"

朱恒金营长的话刚刚讲完，在西边阵地上就响起了激烈的枪声，土匪完全掉进解放军的火力射程内，没多久，就被打得落花流水，没有一个人能够逃脱。

土匪见西边不能突围，就改变了逃跑路线，准备向偏南方向逃窜，而那个方向正是郑统一的指挥部。

郑统一用望远镜看了一下，约有一个团的敌人向这边逃来。

郑统一立即把随身带的警卫连调了上来，命令道："现在土匪选择我们这儿做突破口，如果我们放跑一个，就是整个指挥部的耻辱。"

郑统一的话带动了战士们的情绪，大家纷纷摩拳擦掌，紧握手里的枪，就等土匪过来。

待土匪进到离指挥部40米左右时，郑统一大声命令："开火！"

顷刻间，轻机枪、重机枪、半自动步枪、三八大盖、卡宾枪，还有手榴弹一齐向土匪打去。

匪首文老洞在组织土匪突围时，发现这里原来是郑统一的指挥部，就继续命令手下突围，并且大声喊道："给我死死地打，打掉共军的指挥部，我们就有希望了。"

但愚蠢的土匪哪里知道，在郑统一的右边是英勇无比的一三九团的部队，左边是身经百战的一四八团的一部分。

土匪拼死突围的结果，是死了100多名匪徒。

土匪两次向西突围没能成功，却又死伤300多人，没有办法，再次向安底镇方向逃去，企图强渡鸭池河。

然而在这个时候，解放军一个营的兵力已经插进了安底镇，使土匪慌了神。

郑统一见土匪已无力突围，乱成一团，立即带领指挥部进入金沙，并命令作战科通知各部队，全线出击，于14时向安底镇收网。

包围圈上的各路解放军战士，早已迫不及待了，他们跃跃欲试，等待着指挥部的总攻命令。

"进攻！"

一声令下，只见解放军战士们飞一般地冲出了战壕。顿时，山野里一片喊杀声、枪声，解放军战士像风卷残云一样把土匪一网打尽。

经过激烈的战斗，我军取得了金沙战役的胜利。

这次铁壁合围行动，进行了一个月的时间，总共剿灭土匪5102名，匪首20多名。

在解放军的打击下，土匪的处境已经是岌岌可危了，贵州人民也期待着土匪能够被清理干净。

肃清土匪

　　金沙剿匪行动的胜利，增强了剿匪部队的信心，贵州各地剿匪部队也纷纷对顽固的土匪展开了积极的行动，取得了良好的战果。

　　经过 10 个月的艰苦努力，到 1950 年年底取得了彻底歼灭土匪的重大胜利，基本肃清了内地腹心地区的土匪。

活捉匪首王福堂

为了进一步把贵州的土匪清理干净，贵州省委、省军区，以十六军为主，组成了东、西两个剿匪集团。

东集团由十六军一三八团及一四〇团的主力组成，负责黔东的剿匪工作。

1950 年 6 月 21 日至 7 月 10 日，负责黔东剿匪工作的东集团指挥部，按照西南军区刘、邓的命令和贵州军区领导的统一安排，开展了轰轰烈烈的剿匪行动，战士们激情高涨，下决心一定要把土匪清剿干净。

东集团进剿一地，净化一地，组织了"铁壁大合围"的瓮安、余庆、湄潭地区围剿行动。

东集团以营为单位，对土匪发起进攻。经剿匪部队一个多月的努力，到 5 月底止，有效地打击了土匪势力，迫使土匪大部龟缩于八龙山、太平铺地区。

在这种情况下，对土匪实行大规模合围进剿的时机已经成熟了。

东集团指挥长潘焱上报贵州军区说：

> 集中主要兵力，对盘踞在瓮安、余庆以北，湄潭以南袋形地区之诸匪进行一次"铁壁大合围"。

肃清土匪

东集团剿匪部队的决定，很快得到贵州省委、贵州军区党委的批准和认可。

贵州军区的苏振华政委进一步指示说：集中优势兵力，打一场围剿土匪的歼灭战。

为了配合东集团的剿匪工作，军区司令部调兵遣将，集中一三六团、一三八团、一四〇团、一四八团、一五〇团大部分兵力，组成剿匪部队，进行瓮安、余庆、湄潭地区的合围战役。

到6月中旬，潘焱下达了《贵州军区前线指挥部作战命令》：

决定一三六团于6月21日，由湄潭向西进剿珠藏一带之匪部；遵义随校于6月21日，分进围歼乌江和羊岩间袋形地带之土匪；一三八团于6月21日由回龙场向西，多路分进篦式合围进剿，进到乌江沿线控制渡口，防匪逃窜，尔后相机配合一三六团合歼珠藏之匪；一四〇团于6月21日由瓮安以北出动，进剿合歼木老坪一线和乌江南岸之匪，并进而控制乌江渡口，防江北之匪南窜；一四八团于6月22日进至王槐一线，控制沿江渡口，防匪西窜；一五〇团机动清剿余庆至平溪之间地区之散匪，广泛开展政治瓦解，争取匪特；我（潘焱）于6月18

日进达瓮安以北 17.5 公里的猴场指挥。

命令下达后，各参战部队组成多路小分队，从多个方向组成一个宽大的网面，向合围地带进击。

根据东集团的剿匪部署，6 月 21 日，各剿匪部队突然出现在合围地区。就在那天夜里，部队稍作休息，做好了合围战役的准备。

战役打响的时候，勇敢的解放军战士快速向土匪区挺进，一进入合围地带，战士们就紧紧地把住公路、渡口、小径，只要是土匪可能逃走的地方，都布上了明岗暗哨，可谓是天衣无缝。

走投无路的土匪们慌了手脚，在包围圈里乱作一团。当一三八团从东向西，在 60 公里的横面上分兵 80 余路搜索前进的时候，躲在八龙山上的匪首王福堂及其他土匪，见解放军势不可当，就向西北方向逃窜。

岂能让土匪这样跑掉？不能！西北方向也升起了各色信号弹，说明土匪现在已经被团团包围了。王福堂失魂落魄，只得将其匪部由大股活动分散成小股逃窜，而自己只带一个连的匪徒寻找突破口。

6 月 22 日清晨，天刚蒙蒙亮，按照东集团的部署，剿匪部队展开篦式的进剿搜索。战士们一边搜索土匪，一边大声喊："出来吧！缴枪不杀！"

当时，胜利的口号声，久久地回荡在整个山谷里，山上在喊，山脚也在呐喊，仿佛瓮、余、湄的高山河川

肃清土匪

都被解放军的声音震动了。

诡计多端的匪首王福堂知道硬拼是必死无疑了，于是便想出了一个鬼点子。他和几个土匪商量了一下，决定冒充解放军搜剿部队也吹起哨子、牛角，来迷惑解放军。但战士们的眼睛是雪亮的，土匪的阴谋没有得逞。

解放军各路搜剿部队行走在茂密的树林里，荒郊野外，战士们并没有带炊具，饿了只能吃干粮，渴了就喝泉水。尽管艰苦，但战士们斗志昂扬。

所有的困难都吓不倒解放军战士，因为他们有着顽强的意志力和对胜利的坚定决心，而贵州人民的支持和期待，更让大家信心百倍。战士们奋勇前进，不停地搜索藏匿的土匪。

整个合围地带，就像撒下的一张大网，到处都可以看到解放军的身影。土匪们要想挣脱这张网的束缚，哪怕有三头六臂，也是妄想。剿匪部队的合围圈越来越小，慢慢收紧，各部队开始就地驻扎清剿。

剿匪部队在重点地域驻扎后，发动群众，依靠群众的力量和支持与土匪进行斗争，使得土匪更是无处可逃，纷纷落网。

在搜捕行动中，人民群众发挥着重要作用，形成了真正的"铁壁合围"。不少群众还自己组织起来，自备武器，为解放军捉住了很多的逃匪。

在解放军和人民群众的共同努力下，土匪们纷纷从山洞里、树丛中被揪了出来。被剿匪部队打散的土匪残余势力，像瞎了眼的野兔子，到处碰壁，不知道逃向何方，只好缴枪投降。

在合围地带还活动着一支支特殊的剿匪小分队，他们有时候化装成农民，有时候又变成商人，甚至会把自己装扮成"土匪"。这就是各部队派出的便衣侦察分队。

这些神秘的小分队，活跃在土匪的密集区，打听情报，伺机打击土匪、追踪匪首，在整个合围战役中发挥了积极有效的作用，也取得了很好的战果。

这些小分队还给我们留下了很多精彩的故事。

有一天，一四〇团战士乔装打扮，悄悄进到中坪，抬头看见一个土匪在不远处站岗放哨，小分队就主动和这个匪哨兵搭讪。

土匪哨兵以为是自己人，就热情地对解放军说："你们辛苦了，下着雨还来呢！"

小分队也笑着和这个哨兵打招呼，等走到了他的跟前，一下就把这个哨兵给撂倒了。

小分队混进匪营后，一群土匪正在那里吃喝玩乐。小分队的战士们大喝一声：

"缴枪不杀！"

轻而易举就把这群土匪给捕获了。

匪首王福堂溜到老西沟后，一三八团八连副连长根据了解到的情况，马上带上便衣战士化装成农民的样子，扛着扁担，顺着八龙山就往老西沟奔去。

在一个山道上，便衣战士看到对面来了一个铁匠，

肃清土匪

副连长灵机一动，对那个人说："老乡，我们是王团长的兵，在八龙山被共军打散了，跑到老乡家里帮了几天活，听说王团长到这里来了，我们来找他。"

那铁匠一时不知道该怎么回答，吞吞吐吐的样子，显得很犹豫，最后他才悄声说："听说……听说王团长大概在山岩下陈绍权家住着呢。"

得知这个情况后，副连长把自己带的 9 人分成 3 个小组，从不同方向朝陈绍权家奔去。副连长进到陈家门里一看，那户人家正在吃饭，就笑着问："请问老乡，你家几口人？"

"两口人。"那户人家的男人说，但眼神却很慌张。

但八连副连长却看到了 3 个碗 3 双筷子，这人肯定是在说谎，而且那个男人的眼神已经说明了一切。

"搜！"

副连长命令道，战士们就进入屋里开始找，里外屋搜遍，却没有找到，又到后院的牛棚里找。果然在牛屎堆旁活捉了匪首王福堂。

东集团剿匪部队的这次合围行动，歼灭匪首王福堂以下3172 人，缴获长短枪、自动枪1621 支，机枪 48 挺，子弹3.4 万余发，小炮 11 门，炮弹 10 发，追回公粮 10 余万公斤。

这次合围行动的胜利，沉重打击了土匪势力，使得土匪再也不敢那么猖狂了。当地的公路交通逐步恢复，社会秩序开始走向稳定，而且这次合围行动的成功，对贵州各地的剿匪工作都有着重要的影响。

　　瓮安、余庆、湄潭三县周围的土匪基本肃清。人民政权得到了恢复，干部们继续开展行政工作。在党员和干部的努力下，人民群众被有效地发动起来了，为进一步剿匪和开展其他工作做好了铺垫。

肃清土匪

捕获恶霸吴登仁

解放军在打击土匪的同时，也对一些欺行霸市、横行乡里的恶霸进行了严厉打击，吴登仁就是其中的一个。这个人不仅是地方恶霸，也带有土匪性质，所以解放军的剿匪部队不会放过这样的坏蛋。

吴登仁称霸阡县西部20余年，是个无人敢惹的地头蛇，气焰十分嚣张，当地百姓没有不怕他的。吴登仁也是土匪出身，是个上山为匪、在家作恶的家伙，不知道干了多少坏事。

解放前，吴登仁和国民党地方政府狼狈为奸，当了多年的区、乡长，其势力渐渐强大起来，后来以本庄为大本营，控制了白沙、甘溪、中魁、国荣等8个乡，成为"石西"一霸，并与阡东部的另一恶霸吴河清各据一方，被称为"西吴"、"东吴"。

在吴登仁为非作歹的20多年中，他倚靠自己半官半匪的关系，到处搜刮民财。吴登仁共有收租万余石的田地，本庄坝子上的良田沃土绝大多数为他所霸占。当地农民大部分沦为吴家佃户，老百姓苦不堪言，生活极其贫困。

吴登仁的手下有2000多人，是他的打手和私人武装。在阡西部，他横行霸道，任意欺凌、陷害老百姓，甚至暗杀，多条人命都死于吴登仁的手里，可见他的残暴和恶毒。

贵州刚刚解放的时候，由于害怕解放军的威力，吴登仁并没有轻举妄动，但在解放贵州后，入黔部队大部分都到四川作战去了，贵州的兵力就显得很薄弱，这就给吴登仁以可乘之机。

吴登仁多次与石阡、岑巩一带的匪首杨凤池、杨勋等勾结在一起，攻打县、区、乡人民政府，残杀地方干部和无辜群众，气焰又开始嚣张起来。

在国民党起义部队八十九军所属的四团相继叛变之后，吴登仁借助这个机会，和叛匪头目熊启厚（原国民党军十九兵团参谋长）、彭学仁（原国民党军三十七师师长）等勾结，招兵买马，使兵力增加到 4000 余人。

吴登仁等人组成"黔东北反共人民自救军"，吴登仁自封为副总指挥。他们公然打出了反共反人民的旗号，故意和解放军作对，试图继续维持他的恶霸地位。

贵州军区直接指挥的东集团所属部队，在胜利完成瓮（安）、余（庆）、湄（潭）地区合围战役之后，于 1950 年 7 月 17 日，就开始对石阡西南的本庄、白沙、文家店进行合围进剿，打算除掉这个恶霸。

7 月 17 日凌晨，大地还在夜色里沉睡，担任合围的解放军剿匪部队先后进入预定地域，将南起甘溪、麻元塘，北至文家店、干溪子，西滨乌江，东到石阡县城，面积约 300 多平方公里的地带严密包围了。

东集团的十六军一三八、一四○两个团，以多路进击的队形，实行长途奔袭。

经一夜的急行军，在即将天亮的时候，一三八团占领了本庄，一四○团进驻国荣。

就在我军实施夜路奔袭之际，吴登仁已经闻风逃跑。战士们发誓，一定要捉到这个无恶不作的坏蛋。

原来，狡猾的吴登仁早在解放军合围瓮、余、湄地区前，就听说解放军在各地的剿匪很成功，所以变得很恐慌，多次命令手下"着意提防，不可懈怠"。

当吴登仁得知剿匪部队要来清剿他的时候，马上将他的手下分散成小股，大部分都钻进了山林里秘密地躲藏起来了。

吴登仁自己带着几十名贴身骨干，逃出了本庄，化装成老百姓窜到了东面的白沙。

但令吴登仁万万没想到的是，在他还没有接近白沙的时候，那里就已被解放军占领了，吴登仁马上掉头向南逃跑，潜入乐桥以北的深山密林里。

吴登仁实在是狡猾，他白天借着森林这个天然屏障窥视解放军的动向，伺机寻找突破口；而夜间趁着黑暗，向解放军的包围圈外活动。

同时，这个恶贯满盈的家伙还命令手下四处散布他已北窜的谣言，试图迷惑解放军搜捕的路线，以便于借机外逃。

但是，再狡猾的狐狸，也逃不过猎人的眼睛。对于吴登仁的企图，东集团指挥部早已料到。

所以，在部署这次合围时，指挥长潘焱就指出："当我强大兵力实施合围后，土匪必然被迫分散，匪首也一定会利用深山密林进行迂回躲避，与我周旋，拖延时间。"

实际的情况真的如潘焱所料，在本庄，匪徒都分散到山林里去了。

看来，该施行进剿计划的第二步了。

指挥部立即指定一三八团专门捕捉吴登仁，只许成功，不许失败。

一三八团受领任务后，立即作出相应部署：

> 一方面根据初步得到的情报，在吴登仁可能逃窜的方向，部署了三道封锁线。将南起乐桥，北至何家寨，东自荆竹园，西到乌江边的广大地域，包围起来。
>
> 另一方面则由保卫股长张作仁、政治指导员赵彬带领侦察排，组成24人的"飞行队"，着便衣，装散匪，寻找所谓的吴"副总指挥"，实行跟踪追击。

一三八团所采用的战术果然很见效。

7月18日夜，"飞行队"在乐桥以北捕获两名吴登仁的亲信，经过盘问，获悉吴登仁在白沙受阻后，企图南逃乐桥。

"飞行队"马上在通往乐桥的要道路口设伏，拦截吴登仁。7月20日夜，就在"飞行队"向预定设伏地点开进时，不料吴登仁先"飞行队"到达，双方恰好相遇，随即展开了一场激战。

这一仗，未能取得良好战果，吴登仁又趁机逃窜了。但解放军已经掌握吴登仁的行踪了。

当夜，一三八团马上抽调4个连的兵力，配合"飞行队"，将乐桥以北，山口坳以南，茶溪以西，何问渡以东15公里多的地带严密包围，进行梳篦式搜索。

大搜捕整整进行了3天3夜。可狡猾的吴登仁却再次漏网，向北逃往上坝、杨家林、桅杆坳地带。

"飞行队"成员马上向北追击吴登仁，这个时候，大家都非常疲倦，很多人已经是连续奋战几天几夜了。然而，想到匪首吴登仁仍未落网，大家再次振作精神继续前进。

7月25日，一三八团的"飞行队"在追击吴登仁途中，抓获了吴登仁的很多骨干人员，包括其亲信刘大茂。

"飞行队"对刘大茂进行反复开导，终于说服了他，老实交代了可能给吴登仁带路的人。根据刘大茂所说的情况，"飞行队"果然找到了一个曾给吴登仁带过路的人，通过劝说，他又供出了下一站的带路人。顺着这个线索，"飞行队"找到了多个带路的人。就这样，吴登仁的带路人却变成了解放军的带路人。

根据这些带路人提供的线索,"飞行队"很快就发现了吴登仁的踪迹。原来他由北向西,准备往乌江边的何问渡逃窜,妄想以海拔1100多米高的"狮子脑壳"作掩护屏障,寻机偷渡乌江,从而跳出解放军的包围圈。但是,被盯上的猎物是逃不过猎人的弓箭的。

　　鉴于这种情况,"飞行队"一面立即向团里报告,请求增援,一面奋力追击。战士们连续行走了36个小时,没有吃一口热饭,也没有停下来休息一会儿,可战士们的激情却很高,目的只有一个,就是捉住恶霸吴登仁。

　　"飞行队"经过急行终于赶到了"狮子脑壳"下。那时,团里支援部队也迅速赶到,战士们把"狮子脑壳"给团团包围了,吴登仁怕是插翅也难飞了。

　　解放军战士一面严格控制每个出口,一面搜索前进。天快黑的时候,在一个小山村里抓住了正向群众讨饭吃的吴寿臣。根据他提供的线索,侦察排长宋文斌带领5名战士上山捉拿吴登仁。

　　在前进途中,战士们看见在一块扁岩墙的下面,躺着一个人,懒洋洋的,似乎在晒太阳。

　　"不许动!"战士们大喝一声就冲了上去。

　　原来,这家伙就是恶霸吴登仁。他听到喊声,正要掏枪,却被手脚敏捷的解放军战士搋倒在地。这时候的吴登仁已经吓破了胆,大声呼叫:"我投降,我投降!"

　　战士们看到这个恶霸现在如此狼狈的样子,风趣地说:"绕圈子是咱八路军的发明,想不到吴登仁也玩这一

肃清土匪

套，这叫找错了码头！"

7月30日，"飞行队"押着吴登仁、吴寿臣等人又回到了本庄。更让大家兴奋的是，再过一天就是解放军建军23周年的纪念日！

一三八团战士们为当地的百姓除掉了这个恶霸，也为解放军伟大的节日，献上了一份厚礼。

剿匪英雄肖国宝

西南是抗日战争时期国民党的避难地，又是解放战争末期蒋介石在大陆做垂死挣扎的基地之一，反动势力基础雄厚。

1950 年初即发现的土匪有 300 多股，大股土匪达数千人之多。2 月，匪特开始大规模暴乱，逐步发展至四五十万人。

1950 年冬季，贵州军区剿匪东集团在黔东"铁壁合围"取得巨大胜利以后，又调动了野战部队的三个团另加两个营、贵阳军分区的两个营以及安顺军分区的兵力，对长顺、紫云、惠水县的土匪恶霸进行清剿，史称"长紫惠铁壁合围"。

在苏联卫国战争期间，年仅 19 岁的马特洛索夫为夺取乔尔努什卡村战斗的胜利，毅然用胸膛堵住敌人碉堡上的机枪口，为连队进攻开辟了胜利的通道。

而马特洛索夫牺牲 7 年之后，在解放军对贵州展开的剿匪行动中，也出现了一位马特洛索夫式的英雄。

这位伟大的英雄，就是原贵州军区一四〇团一营二连一班副班长肖国宝。

在贵州军区剿匪东集团"长紫惠铁壁合围"的打击下，土匪恶霸所谓的"贵州人民反共自卫救国军"已经到了土崩瓦解的地步。

剿匪东集团指挥部把追捕敌匪总司令曹绍华的任务交给了一四〇团，该团决定把这个任务交给一营。

接到任务后，一营二连一班副班长肖国宝便主动找到营教导员李继田请战。

肖国宝请求说："我一定想办法把曹绍华捉住，为民除害，为部队争光，请党组织让我参战吧！"

一营教导员李继田笑了笑说："那好啊！"就同意了肖国宝的请求，并对他的决定表示赞扬。

之后，一营召开了会议，马上组成了78人的武工队，前去完成这个艰巨的任务，肖国宝更是跃跃欲试。

武工队由李继田率领，他们踏上了艰难的征程。

大家在当地人民群众的积极配合下，循着曹匪留下的蛛丝马迹，搜索追踪，终于在11月13日清晨将曹匪余部包围在长顺观山槽的斗篷冲。

斗篷冲坐落在长顺县睦化乡北境，距县城30多公里，海拔1000多米。地处鼓扬、睦化两乡交界。置于群峦叠峰之中，山上林木幽深，中间低凹，形似锅底，整个地形为300余米长的山沟，南北群山，东西走向，南面山有一条险峻的山坳口。进出仅有3个山垭口能通行。

这个时候，曹绍华的土匪已与其一、四两师及二、五师残部会合，共计400多人，企图冲出解放军合围圈，逃往罗甸和广西。

李继田认为匪徒数量虽多，但都是受到剿匪部队沉重打击之后的残余势力，已经丧失了斗志。

于是，李继田他们决定趁匪徒立足未稳，又对解放军的作战意图还不清晰时，采取突然袭击的办法，将土匪一网打尽。

李继田率部兵分三路出击，部署如下：

三连两个班实施正面突击，抢占西垭口；二连两个班迂回堵住南面的大小垭口，切断土匪南逃之路；肖国宝所在的二连一班和三连四班一起奉命直捣匪巢心脏。

战斗首先从正面的西垭口打响。

上百名匪徒企图从西垭口突围，但遭到了解放军的阻击，匪徒又转向南面大垭口突围。

此时二连一班和三连四班趁机从匪徒背后冲了上去。

匪徒们腹背挨打，弄不清来了多少解放军，顿时阵容大乱，不知道是反击还是逃跑。

土匪头子曹绍华根本没想到解放军会如此神速，他掏出手枪，声嘶力竭地吼道："兄弟们，给我顶住，来的都是些土花儿（指民兵）。"

匪徒们困兽犹斗，还做着无畏的抵抗。匪总参谋长马启忠躲在一块巨石后面，挥舞着驳壳枪，指挥 4 挺机枪形成一道严密的火力网，封锁了解放军正面进攻的道路。

肃清土匪

战士们发起了猛烈的进攻，试图突破敌人的火力封锁，然而土匪的火力实在是太猛了，很多战士纷纷倒下。

在冲击中，肖国宝回头一看，身边没剩下几个人了。后面的部队也被匪徒机枪压得抬不起头来。

他怒视着吃人的枪口，暗下决心，拼死也要打掉它！

他机警地在弹雨中左冲右突，端着冲锋枪扫倒一片挡住他去路的土匪后，正欲冲向土匪的火力点，不料，一颗子弹击中了他的腰部，顿时鲜血直流，整个身子都被染红了，由于体力不支，他倒在了一个土坑里。

土匪的火力越来越猛烈，解放军的伤亡在不断增加，情况十分危急。

这时，躺在土坑里的肖国宝恢复了一些体力，于是他强忍着剧痛，身体一跃，奋力扑到了第二个土坑里。

这个时候，肖国宝已经可以清晰地听到匪参谋长马启忠狂妄的吼叫。

肖国宝拼命向前，向前。

前进中他的左胸又负了伤，一连打了几个趔趄，栽倒在地。

肖国宝以顽强的毅力冲了上去，举起冲锋枪用力砸向土匪。

土匪顿时被吓得目瞪口呆，而肖国宝却顺势夺过土匪的枪，把马启忠击毙了。

但匪徒的机枪还在吼叫，李教导员和战友们伏在地上心急如焚。他们突然看见，浑身是血的肖国宝用身体挡住了土匪的枪口，壮烈牺牲了。

"同志们，冲啊！"

"为肖国宝报仇！"

"活捉曹绍华！"

看到这种情景，战友们一个个义愤填膺，他们高喊着为肖国宝报仇的口号，踏着英雄用鲜血开辟出来的道路，一起冲向土匪的阵地，活捉了"贵州人民反共自卫救国军"总司令曹绍华，一举全歼了匪徒。

肖国宝中弹壮烈牺牲。新华社以"马特洛索夫式的英雄——肖国宝"为题报道了他的英雄事迹。

斗篷冲战斗只有 78 名武工队员，总计歼匪 337 名（以曹绍华为首），缴获重机枪 1 挺，轻机枪 3 挺，冲锋枪 1 支，七九步枪 168 支，短枪 8 支，各种子弹 9000 多发。人民解放军牺牲副班长以下 6 人，伤班长以下 12 人，以很小的代价取得了重大胜利。

当时贵州很贫困，路不好，交通极为不便，剿匪部队的物资供应不上。看到群众没有衣服穿，战士们把随身携带的衣服和吃的东西一路走一路送，救济群众，送得只剩下身上穿的一套军服，因此得到广大群众极大的帮助和支持。

在这样的条件下，战士们克服重重困难，先后共消灭 3000 多名土匪，打散的土匪不计其数。历时两年，终于肃清了贵州大地上的土匪，让群众过上了安稳的日子。

到 1950 年年底，贵州的土匪势力基本剿灭。

1950 年 11 月 15 日晨，县长王升三指示："肖国宝烈士的遗体 14 日已从中坝抬到长寨，确定由建设科负责在县人民大会堂前建立一座解放长顺烈士纪念碑，建好肖国宝烈士墓。"

参考资料

《国史全鉴》本书编委会编著 团结出版社

《解放战争大全景》豫颍主编 军事谊文出版社

《第二野战军战史》本书编委会编著 解放军出版社

《贵州文史资料选辑》本书编委会编著 贵州人民出版社

《千里追踪》贵州省军区政治部编著 贵州人民出版社

《杨勇上将》舒云著 解放军文艺出版社

《解放大西南的故事》袁德金著 湖北少儿出版社

《斑斓岁月》胡度主编 重庆出版社

《邓小平在历史转折关头》卜行觉著 中国社会出版社

《刘伯承传》本书编委会编著 当代中国出版社

《邓小平与共和国重大历史事件》武市红 高屹主编 人民出版社

《叩响贵州历史之门》本书编委会编著 贵州民族出版社

《贵州历史故事》范同寿编著 贵州人民出版社

《铁壁伏匪记》邓德礼著 贵州人民出版社

《西南大剿匪》欧杜主编 国防大学出版社

《大决战挺进西南》吴辅佐著 长征出版社

《开国大镇反》白希著 中共党史出版社

《回顾贵州解放》莫健著 贵州民族出版社

《解放贵州的故事》彭远光著 贵州教育出版社

《解放军英雄传》本书编委会著 解放军出版社

《五十年国事纪要》余雁著 湖南人民出版社